2回目の夏川家訪問、
愛華が積極的に!?
「……わたるッ!!
はやくきてっ!」
夢見る男子は
現実主義者
yumemiru danshi ha
genjitsusyugisya

〝白浜を踏みしめて〟
笹木さんと過ごす、海辺の一日——

「一ノ瀬さん、普段からそうやって顔出した方が良いと思うけどな……」

「――そ、そうですか……？」

「う、うん……そう。うん」

「そう、ですか……」

ふぐぐっ……可愛いッ。何その仕草っ……。打ち解けるってこういう事かね。一ノ瀬さんの前髪を話題にできたのは大きな進歩だったと思う。

夢見る男子は現実主義者４

おけまる

HJ文庫
931

口絵・本文イラスト　さばみぞれ

contents

1章　ショック　005
2章　芦田圭は癒される　014
3章　ファッションチェック　041
4章　吐露　062
5章　芦田圭は考える　074
6章　また今度　089
7章　彼女の真意　109
8章　できること、できないこと　133
9章　一方でシスコンは　159
10章　デリカシーと対策と私　171
11章　一ノ瀬兄妹　190
12章　見て来たもの　205
13章　二学期の始まり　222
EX1　あの日に向けて　233
EX2　白浜を踏み締めて　251
EX3　想い、届かずとも　269
あとがき　279

1章 ショック

　ある夏休みの昼。普段《ふだん》なら悠々自適《ゆうゆうじてき》に何の悩《なや》みも無く自堕落《じだらく》な生活を送っているはずなのに、俺《おれ》の心臓はドクドクと激しく動悸《どうき》がしていた。自室のベッドというパーソナルスペースに居るにもかかわらずこんなにも追い込まれそうになっているのは初めてだった。

　夏休みに入ったタイミングで始めた古本屋のアルバイト。そこで同級生の女子が俺に土下座をした。そんな事ある……？　まさか少し強めの説教――指導？　であんな事になるとは思わなかった。なんかもう申し訳なさでヤバい。ジャパニーズハラキリな気分。今なら夏休みの課題ぶっ続けで三徹くらいできそう。

『――さじょっち！　午後から愛《あい》ちと愛《あい》ちゃんに会いに行こうよ』

　そんな気分だというのに俺のスマホに飛び込んで来た夏川《なつかわ》と芦田《あしだ》からのお誘《さそ》いメッセージ。展開が急すぎて心が追い付かないんだけど……。どう考えても神様が「へぇ、こいつ良い事してんじゃん。どれ、褒美《ほうび》をやろう」なんて言って発生する幸運だよなこれ……。おかしいよ神様……今はハードラックを見舞《みま》うところじゃないの……？

「……なに着よう」

なんて悩んでるくせにウッキウキになってる俺なんなの？　サルなん？　ウキッ。

今まで散々夏川を追いかけて来たけど、何だかんだオフの日に一緒《いっしょ》に遊んだのなんて野《や》郎《ろう》どもくらいなんだよな。あいつらと遊びに行くのに着て行く服なんて気にした事なかったわ。やっぱあいつらと夏川だとわけが違《ちげ》ぇわ。だるんだるんのジャージが恋《こい》しい。学生に制服が与《あた》えられるシステムにここまで感謝の念を覚えたことが無《ね》ぇわ。今度洗ってやるか。風《ふ》呂《ろ》場《ば》で。

じゃねぇよ。感謝してる場合か。服探せ。オシャレな俺を発掘《はっくつ》しろ。

「……っと……」

タンスを開ける。こういうときに流行《はや》りに敏感《びんかん》だった頃《ころ》の自分が役に立つ。めっちゃオシャレに気を遣《つか》ってたし、我ながら意外と流行《はや》りのパンツとか揃《そろ》ってんだよな。着こなせるかは別としてこれでも流行りの最先端を行ってたとは思う。うん、着こなせるかは別として。

「ははっ…………わからん」

えっ……俺こんなの持ってたっけ……。

◆

悩みに悩みぬいて何とか組み合わせを考えた。

いや久しぶりに本気出したわ。これこそ流行の最先端。全身イマドキスタイル。ダボTにサルエルパンツとか並のセンスの奴《やつ》にゃ着こなせねぇだろ。間違《まち》いなく一片《いっぺん》の隙《すき》も無い。外を歩けばイカしたお姉さんが「あの人オシャレー、顔はともかく」なんて倒置法《とうちほう》で褒《ほ》めること間違いない。一片の隙あるじゃない……。

あれだな、こういうときに自分を過信しすぎるのは良くない。無駄《むだ》に自信があったあの頃の俺とは違《ちが》うんだよ。誰《だれ》でも良い、家族でも良いから参考程度に意見を聞くべきだ。どうせリビングで姉貴が肉まんパクつきながらソファー辺りに転がってるだろ。わかりやすい褒め方はしないだろうけど、「ふーん、出かけるんだ」って言われたら最高評価。他所《よそ》行《ゆ》きの恰好《かっこう》に見えるだけでも御《おん》の字《じ》と捉《とら》えるべきだろう。

リビングに下りて見ると案の定、姉貴がダルそうな顔でソファーに寝転《ねころ》がってた。塾通《じゅくがよ》いだというのにとても受験生とは思えないのは俺だけか……？　この姉、生徒会で忙《いそが》しくなかったら今頃《いまごろ》もちもちスタイルなんじゃねぇの？　仕事疲《づか》れでスタイル維持《いじ》とかサラリーマンじゃない……。

「姉貴」

「うん……？」

「……」

「……」

自然体を装って俺の全力の恰好を見せつける。どうだ、イマドキだろう。スタジオからドヤ顔でお天気キャスター呼び出しても文句ない恰好してるだろう。

そうだ、現世のマンスリーエンタメプレゼンターとは俺の事。さぁ言ってごらん、せーのっ――

「――……足短《みじか》っ」

はいやめ、撤収撤収《てっしゅうてっしゅう》。

これぞ冷や水。やっぱ調子に乗るとろくなことになんねぇわ。

まず姉貴に感想を求めたのが間違いだった。よく考えたら姉貴が俺のコーデを褒めたことなんて人生で一度も無かったわ。そもそも俺に対する興味が感じられない。長らく罵《ののし》られる機会が無くて忘れてたわ。

中学時代、姉貴の態度に納得《なっとく》できなくて文句を言ったときの苦い記憶《きおく》を思い出す。

『じゃあ何なら俺に似合うんだよ！』

『鎖《くさり》』

プロレスラーかな？

冗談《じょうだん》かと思いきや割と本気だったらしくて反応に困った記憶がある。当時の姉貴はプロレスにハマってた。何回プロレス技の実験台になった事か……。お袋《ふくろ》……俺、ちゃんと背筋伸《の》ばして生きてるぜ。姉貴からキャメルクラッチ食《く》らい過ぎて猫背《ねこぜ》が直ったんだ。

「はぁ……」

気を取り直して部屋に戻《もど》って服を決め直す。よく考えたら俺にサルエルパンツとか似合うはずなかったわ。そもそもこういうのって山崎《やまざき》とかバスケ部のもっと身長の高い奴が穿《は》くやつだから。ほぼ平均身長の俺が穿いたって不恰好にしかならねぇわ。今度古着屋にでも行って売るか……ほんと何で買っちゃったんだよ……。

「……っと……」

タンスを探《さぐ》ってると、端っこに見慣れたものを見付けた。確かこれは中学時代、バイトで二回目の給料をもらって金銭感覚が狂《くる》い始めた頃に買った無駄に高いアンクルパンツ。これも短足に見えない事もないけど……フォーマルとカジュアルの中間っぽい感じだし、無難っちゃ無難なのかな。守りに入ってる感じがどことなく安心感がある。もうこんなのでいっか、シャツも合わせやすいし。バイトに着て行く事だって——

『――やめさせないでくださいっ……！』

「うっ……!?」

う、うわぁあああああああっ……！

同級生でありながらバイトの後輩《こうはい》の一ノ瀬《いちのせ》さん。庇護《ひご》欲誘う小さな体で全力の土下座をする姿が思《おも》い浮《う》かぶ。〝バイト〟ってワードだけでフラッシュバックした。心臓が痛い、胸がきゅうっ……て締《し》め付けられて痛かった。何で俺こんなに苦しんでんだろ……。

そうだ、夏川の家に行くからってはしゃいでる場合じゃねぇんだわ。明日、一ノ瀬さんとどんな顔で会えばいいか考えないといけないんだよな……。

……え？　そもそも俺、何で今から夏川の家に行くんだっけ……？

◆

炎天下《えんてんか》、可能な限り日陰《ひかげ》の中を歩いて夏川の家に向かう。罪の意識がカンカン照りの日向《ひなた》を選ぼうとしたけど、これから夏川の妹の愛莉《あいり》ちゃんに会うんだって考えると汗臭《あせくさ》くなるわけにはいかなかった。

「………………」

いや、こう……なに。罪悪感のあまり罰《ばつ》を受ける気満々でいたら無罪判決で釈放《しゃくほう》された上に大金を与えられたばりの感覚は何なの？　こんなんで良いの神様……？

嫌《いや》ーな背徳感が冷《ひ》や汗《あせ》になって背中を伝う。謎《なぞ》の申し訳なさが俺のメンタルをゴリゴリ削《けず》った。明らかにやらかしたのに誰からも責められないのって結構きついんだな……。夏川に芦田、ついでに愛莉ちゃんにもそれぞれビンタをお願いしたいくらい……や、待て落ち着け俺、冷静に考えろ。それは罰じゃなくてご褒美——いや違うそうじゃなくて。同級生の女子にビンタお願いするとかどんな変態だよ。余計に罪を重ねるだけだろ。

山崎とクソみたいな会話で盛り上がれる時点で一般《いっぱん》男子並みには変態な自覚はある。多少の変態扱《あつか》いで傷付くほど俺はヤワじゃない。ヤワじゃないんだよなぁ……姉貴のプロレス技の実験台になったおかげで体の方も丈夫《じょうぶ》だし、もしかして俺、心身ともに最強なのでは……？

こうなったらあえてさっきのサルエルパンツを穿くべきだったか。あたかも「俺イケメンだぜ」アピールをして見た目は不恰好でダサいのに格好付けてるイキり野郎になって冷ややかな目で見られるっていう高次元な罰を受けるか。

血迷ってると、向かってる途中《とちゅう》で、あまり立ち寄らないスーパーに差し掛《か》かった。

「……お菓子《かし》、たくさん買おう」

夏川は優《やさ》しいし、芦田は俺をイジっても傷付く事は言わない。もうこうなったら俺が自ら茨《いばら》の道に飛び込むしかない。そう散財。散財しよう。お菓子みたいに後に何も残らないもんをたくさん買って後で「買わなきゃ良かった……」ってなるやつをしよう。百均で売ってるようなスマホスタンドを雑貨屋で三百五十円くらいで買って微妙《びみよう》に損した気分になるんだ。

「えーっと……」

スーパーに寄って小さな子供に交じってお菓子を物色する。

子供が喜ぶお菓子って何だっけな……キャラクターを象《かたど》ったチョコはマストだろ。あ、でも虫歯できやすいタイプのは夏川怒《おこ》るかな……？　じゃあグミとか？　グミの食いすぎで虫歯とかあんまり聞かないもんな。何ならコラーゲン入ってるし美肌《びはだ》効果で喜ばれそう。愛莉ちゃんのもちもちな頬《ほ》っぺを保つためなら許してくれるに違いない。そうだ、ひもＱ。ひもＱを買おう。小学生の時は遠足になると必ず買ってたし、絶対に喜ばれるだろ。

「……？」

……あ、あれ？　ひもＱ売ってなくない？　ひもＱってどこのスーパーも駄菓子屋《だがしや》も網《もう》羅《ら》してる子供の味方だろ？　売ってないなんて事あんの？　てかグミ類シゲキックスしか置いてないとかどんな縛《しば》りだよ！　愛莉ちゃんに酸《す》っぱい顔させてみろ？　夏川から耳ぐりぐり引っ張られるわっ……ゴクリ。

「あの、すいません。グミってこれだけですか？」

「はぁ……まぁ。そこになければ」

店員のお姉さんに聞いたら「高校生にもなって何言ってんだこいつ」的な顔をされた。ごもっともです。あれか、もしかして品薄《しなうす》か。新型ゲーム機みたいに抽選《ちゅうせん》でしか手に入らないくらいに大物になっちまったか。すげぇなひもＱ。

え、てかホントに無いの……？　実はどっかの棚《たな》に引っかかってたりしねぇの？　そういや最近見ない気がするな……ちょっと調べてみるか。えっと、ひ・も・Ｑ……［検索《けんさく》］っと――。

「えっ」

えっ、ひもＱ生産終了《しゅうりょう》してんの？　うそショックなんだけど。俺もう二度とひもＱ食べられないの……？

え、ちょっと明治さん？

2章 ♥ ♥芦田圭は癒される

セミが鳴いている。部活で学校に向かうときはいつもげんなりするものだけど、今日はそんな雑音がロックバンドのギター演奏のようにノリ良く感じられた。愛《あい》ちの家に向かうというだけでここまで気分が変わるとは思わなかった。体が弾《はず》む。ニヤニヤが止まらない。部活で疲《つか》れた体が悲鳴を上げてるけど全然気にならなかった。何故《なぜ》ならこれからそんな疲れも全《すべ》て吹《ふ》っ飛ぶからだ。待っててね！　愛ち！

直前でスキップを始めて目的地に到着《とうちゃく》。意気揚々《いきようよう》とインターホンを押《お》すと、愛ちの家の中からパタパタとスリッパで小走りするような音が聴《き》こえた。それと同時にきゃーきゃーと小さな女の子が喜ぶような声が聞こえて来る。間違いない、この声は——愛《あい》ちゃんだ！

【は、はい！】

「あーいーちー！　来ーたーよ～！」

【え⁉　ちょ、ちょっと！　そんな大声で言わなくて良いから⁉】

インターホン越《ご》しに愛ちが焦《あせ》る。声だけでその光景が想像できてニヤッと笑ってしまった。大きな声はちょっと恥《は》ずかしかったかな……小学生じゃん。最近で一番無邪気《むじゃき》な声出しちゃったよ。

またパタパタと走る音が聞こえる。お洒落《しゃれ》な門の向こう側を見ていると、玄関戸《げんかんど》がおぼつかない感じにガチャリと開いた。愛ちかな？　それとも愛ちゃんかな？　どっちだろ？　どっちでも良いや！

そんなことを思ってると、空いた扉《とびら》の隙間《すきま》からひょこっと小さな影《かげ》が顔を出した。

「せのたかいおねえちゃんだー！」

「愛ちゃんだー！」

愛ちゃんだった。駆《か》ける度に跳《は》ねるツインテールが可愛《かわい》い。さじょっちに言われるまでもなくその姿は天使に違いなかった。小《ち》っちゃい、可愛い、抱《だ》き締めたい……いや抱き締めるッ……!!

「愛ちゃんんん!!」

「きゃー！」

普段の日常生活には無い特別な癒し。最高、うちに欲《ほ》しい。このまま家に持って帰りたい。ダメかな？　必ず幸せにする自信はあるけど。あたしも幸せになる未来しか見えない。決まりだね。

「ダメに決まってるでしょ！」

「あ、愛ち！　この前ぶり！」

「愛莉《あいり》は渡《わた》さないから！」

「や、やだなぁ冗談だって冗談」

慌《あわ》てている隙にパッと愛ちゃんを奪《うば》われた。出会って二秒で親友に睨《にら》まれるっていう。

愛ちは取られてたまるもんかという目で小さな体を抱き寄せた。さすが妹ＬＯＶＥの愛ち……目が本気だったよ。あたしが睨まれる日が来るとは思わなかった。真面目《まじめ》な優等生なのにこういうところで気取らないところが大好き。さじょっちが居なかったらこんな一面は見られなかったかもしれない。

今日の愛ちは腕《うで》を出した白いブラウスに足下《あしもと》が涼《すず》しげな黒パンツというスタイル。ほぇえ、大人っぽい。オシャレだけど動きやすそうな格好だ。愛ちゃんと遊ぶならそのくらい気合い入れないとダメなのかな……？　異性のさじょっちの事を考えるとちょっと隙がありすぎるかもしれない。意識してるのかしてないのか微妙なところだ。

「あはは……愛ち元気？　元気そうだね！」

「圭《けい》の方こそ。部活大変じゃないの？」

「大変だよ～。だから愛ちゃんの元気をもらいに来ちゃったっ」

「そ、それはちょっと助かるかも……」

愛ちは日差しを手で覆《おお》うと、「さ、上がって」と言う。ちょっと暑かったみたいだ。

家の中に案内されると、玄関《げんかん》に入っただけでエアコンの冷気が伝わって来た。逆にこんなに涼しくて大丈夫《だいじょうぶ》？　なんて訊《き》くと、愛ちゃんに合わせた室温という事が分かった。元気にはしゃぐから直ぐに体温が上がっちゃうらしい。疲れて眠《ねむ》くなったら直ぐに温度調節するとか。うわぁ愛されてるなー、あたしも妹が居たらあんなふうに甘《あま》やかすのかなぁ。

愛ちゃんのくりくりした目の位置に合わせてしゃがみ、愛ちの腰《こし》にくっ付く小さな頭を撫《な》でる。

「よくあたしのこと憶《おぼ》えてたねぇ」

「えへへっ」

「そ、そのっ……圭の事は忘れて欲しくなかったから……たまに一緒に撮《と》った写真を見せてて」

「！　あ、愛ちぃー！」

「きゃっ!?　ちょ、ちょっとっ……急に抱き着かないで」

「あー!?　あいりもあいりもー！」

何て嬉《うれ》しい事を言ってくれるのだろう。愛ちがピンチになったら命を張ってでも守ると決めた。いっそ愛ちの妹になりたい。いや、あえて愛ちのお姉ちゃんというのもアリかもしれない。寂《さび》しくなって甘えてくる愛ち……にひひ。

ちょっと本気で暑苦しそうにする愛ちに振《ふ》りほどかれると、気を取り直してリビングにお邪魔《じゃま》する。すんすん……うーん、愛ちの匂《にお》いだ。何でうちと違ってこんなに良い匂いに感じるんだろ……うへへへへ。んんっ、ちゃんと挨拶《あいさつ》もしないとっ。

リビングに入って右手、クリーム色のソファーの前のテーブルにはアイスココアが置かれていた。ここで遊んでたのかな？　テレビを観《み》ながら甘えてくる愛ちゃんのほっぺをうりうりしてる愛ちが目に浮かぶ。

「愛ち、お母さんは？」

「あ、今日はパートなんだ」

「ほえっ、そうなんだ」

愛ちのお母さんがパートをしてる事に驚《おどろ》く。じゃああたしが今居なかったらこの家には愛ちと妹の二人だってこと？　そんな状況《じょうきょう》でさじょっちが来るのを許したの？　愛ちにとっては大した事じゃないのかなぁ……意中の女子に招かれるとか男子にとっては何かもうすんごい事なんじゃないの？　こう、えっと……エッチな事を意識しちゃうくらい。

「……」

「……どうしたの？」

愛ちが可愛らしく首を傾《かし》げる。いやコテンって。可愛く首傾げてる場合じゃないよ！　お、恐《おそ》ろしい子っ……！　ていうか愛ち、男子を一人家に上げるってもう前科あるからね！　最初聞いた時はほんとに耳がおかしくなったのかと思ったよ……。しかも今回は親が居なかったかもしれないんでしょ？　居たら居たで大変だけど、いろんな意味でさじょっち死んじゃうから。

カッチコッチになったさじょっちが石像のように固まってる姿が頭に浮かぶ。今のさじょっちを見てるとそんなふうに考えちゃうけど、ちょっと前までのさじょっちならもっとズケズケと愛ちに迫《せま》ってたかもしれない。何だか不思議な気分だ。

愛ちとさじょっち。この二人の関係性はちょっと特殊《とくしゅ》だ。初めて愛ちを見た時はちょっと気難しい感じなのかなって思ってたけど、そうやってどこか澄《す》ました愛ちをものの一瞬《いっしゅん》で打ち崩《くず》してプリプリ怒らせるさじょっちが、色んな意味でスゴいと思った。その掛け合いが面白《おもしろ》くて、偶然《ぐうぜん》近くの席だったあたしが二人に話しかけるまでそう時間はかからなかった。

まぁまぁの距離《きょり》感で付かず離《はな》れずのこの二人。愛ちは迷惑《めいわく》がっていたみたいだけど、あたしにはその時から愛ちにとってさじょっちは居なくてはならない存在なんだと思った。それが何でかは分からないけど、愛ちの傍《そば》からさじょっちが居なくなるのが良い事だとは思えなかった。

だから、この前の愛ちの度を超《こ》した素直《すなお》じゃない態度はいただけないと思った。愛ちはさじょっちに冷たく当たるのに慣れちゃって直ぐムキになるし、さじょっちは明らかに愛ちを避《さ》け始めてたよね。ていうかヤバいって思ったのはあたしだけじゃないはず。みんな二人の感じを見てひそひそしてた。さじょっちに至っては他の女子とイチャイチャしてたし！

原因はどうやらさじょっちの心境の変化らしい。愛ちに対する気持ちは変わってないけど、一歩引いてみようと思ったのは間違いじゃないらしい。もともと愛ちは迷惑がってたし、その方が良いって思ったんだろうけど、やっぱりあたしの予想通り良くない事になった。女の勘《かん》ってやつなのかな……。

さじょっちは自分が愛ちにとってどのくらいの存在か分かってないみたいだ。そして愛ちはさじょっちが自分にとってどんな存在か分かってない。そのちぐはぐさがちょっとばかし、あたしに火を付けた。きついこと言っちゃったけど、ハァ……嫌《きら》われなくてほんとに良かった……。

馬鹿《ばか》なさじょっちは愛ちがちょっと寂しそうにしてる事に気付かない。その隙にあたしが愛ちを励《はげ》ましてもっともっと仲良くなるんだ。見てなよさじょっち。さじょっちがうかうかしてる間に愛ちはあたしが貰《もら》っちゃうからっ……！

――いやそうじゃないんだよねッ!!

違うんだよッ……こう、あたしが見たいのは二人のどぎまぎな感じっていうかっ……！　愛ちの事は大切だけど、さじょっちが居なくなるのはあたし的にも何か違うってゆーか！　って何考えてんのあたし⁉

「……？」

揃って首を傾げる容姿《ようし》完璧《かんぺき》姉妹。いやコテンじゃないんだなぁ……はぁ可愛い。飼われたい――っとと、いけないいけない。愛ち見てるときのさじょっちみたいな感じになってた。さじょっちが居ないとあたしが愛ちに魅了《みりょう》されちゃうよ――って、

「……あれっ？　そういえばさじょっちは？　返事くれた？」

「あ……」

「さじょっちってだれー？」

「さじょっちはねー……あれ？　知らない？」

この前初めて会ったんじゃなかったっけ？　愛ちゃんあたしのこと憶えてたし、そんな

に直ぐにさじょっちのこと忘れるとは思えないけど……。

「いや、圭のつけたあだ名が独特なだけでしょ……」

「えー？　そうかなぁ……」

『さじょっち』――語呂《ごろ》は良いと思うんだけどなぁ。呼びやすいし。『愛ち』って呼び方はすんなり受け入れたくせに……愛ち呼び流行《はや》んないんだよなぁ……良いじゃん可愛くて……ぷー……。

「愛莉、〝さじょー〟よ。この前一人だけ来たお兄さん」

「さじょー……？　わかんない」

「え……」

愛ちゃんの言葉にピタッと動きを止める愛ち。ショックだったのか、力のない声をポツリとこぼした。確か、前は愛ちゃんに覚えてもらうためにさじょっちを家に呼んだんだよね……。ていうか、ちょっと待って。

「……さじょっち、愛ちゃんから〝さじょー〟て呼ばれてんの？」

「そ、そうだったんだけど……憶えてないみたい」

「あらら、忘れちゃったんだね」

「……むぅ」

「……⁉」

唇《くちびる》を尖《とが》らせて、愛ちが拗《す》ねるような声を出す。

「……聞いた？　聞いたあたし？　愛ちが頬膨《ほおふく》らませて〝むぅ〟だってよ！　悔《くや》しそうにしちゃってんの何それ可愛いんだけど！　愛ちゃんがさじょっちのこと忘れちゃったのがそんなに悔しかったのかな？　うへへへ、何これ、さじょっちにジェラ。

「あっ……！　愛莉、たくさんぶつかった人！　お相撲《すもう》さんのおままごとしてくれた人！」

「ねぇそれ詳《くわ》しく」

「ちょっと黙《だま》ってて！」

「あ、うん」

非常に興味深い話を聞いたものの、それどころじゃなさそうな愛ちの剣幕《けんまく》に詳細《しょうさい》は闇《やみ》に葬《ほうむ》られた。スゴい気になるんだけど。何それ休日のお父さん？　さじょっちに何させてんの愛ち……他にも似たような事させてたりして。いやもうそれカップルとか越《こ》えた先の何かじゃん。中学からの付き合いだからってそんなんなる？

「……？　いーんちょ？」

「飯星《いいほし》さんじゃないから！」

「……何かその話知ってるかも」

愛ちゃんの事でいよりん、いよりんがさじょっちに何か怒ってた気がする。身代わりにされたとか何とかで……あ、そういうこと？　じゃあさじょっちとの思い出はいよりんに塗《ぬ》り替《か》えられちゃったのかもね。

愛ちがさじょっちの事を思い出させようと、さじょっちの特徴《とくちょう》をいくつも挙げる。

「頭の変な人！」

「それはあんまりだよ愛ち……」

さじょっち連れ込んで何したの。

◇

「………あっ……！」

愛ちから頭をもみもみされて「あうー」ってなってる愛ちゃんを眺《なが》めてると、ダイニングテーブルから大《お》っきな音が響《ひび》いた。愛ちのスマホに何か通知が届いたみたいだ。そういえばあたしもしばらくスマホを見ていない。

欠伸《あくび》が伝染《うつ》るみたいにあたしもスマホを見てみると、通知画面に一件のメッセージが入っていた。

【お疲れ。何かすごい話になってんな】

さじょっちからのメッセージ。愛ちに知らせようと顔を上げると、その時には既《すで》に愛ちはスマホの画面を見ていた。早っ、もしかしてさじょっちからの連絡《れんらく》を待ってた……？

「〝お疲れ〟だって」

「さじょっちも社畜かぁ」

「もう職業病？」

部活もしてない同級生の口からはあまり聴かない言葉。愛ちが「えっとえっと」なんて頭を悩ませてる間に正直な感想を返す。

【さじょっち！　高校生同士でお疲れっておかしくない⁉　バイト根性《こんじょう》ってやつ？】

【……ちゃんとアルバイトしてるんだ】

わお、辛辣《しんらつ》。と思って愛ちを見るとちょっと苦々しい顔をしてた。もしかすると思ってもないことを言ってしまったのかもしれない。あらら、ちょっとシュンってしちゃった。そういうとこはあたしと出会った頃のままなんだよねぇ……条件反射で言っちゃうのかな？　さじょっちもこんな事言われて機嫌損《きげんそこ》ねちゃうんじゃ――

【ありがとうございます】

すげぇなこいつ。

いやスゴいよさじょっち。ちょっとキモいけど流石《さすが》だよ。愛ちへの愛が伝わってくるね。愛ち、今までに無いくらいポカンとしちゃってるし可愛い、写真撮って良いかな……さすがに隠《かく》し撮《ど》りは難しいかぁ。じゃあ正面から！　うへへ、あれ、気付かれてない……？

「え、え、なんでお礼言われたの？」

いや、まぁ、うん。

冷静に考えたらさじょっちが愛ちに対して普通《ふつう》じゃないのなんて今に始まった話じゃない。ちょっと前まで怒った愛ちに冷たく返されても嬉しそうになってたし。何なのその鋼の精神。あたしだったら「そんなふうに思われてたんだ」ってなっちゃう。

オロオロする愛ちを見て笑いながら【愛ちが返事に困ってるよ】って返すと、愛ちが照れ臭《くさ》そうにありがとうって言ってくれた。さじょっち？　愛ち可愛いんだけどどうする？　もうあたしが貰っちゃっても良いよね？　良いよね？

「あ、そうだ……愛莉」

「ん～？」

ソファーで愛ちゃんを挟《はさ》んで座《すわ》ってると、愛ちが閃《ひらめ》いたようにスマホを小さな手に握らせた。

「〝さじょー〟だよ。何か言ってあげて？」

「いいのー!?」

嘘《うそ》じゃん。マジ？　愛ちマジ？　何それさじょっち羨《うらや》まし過ぎるんだけど。そんな事ならあたしもちょっと遅《おく》れて来た方が良かったかな……。何ならこっちから催促《さいそく》しても愛ちは同じ事してくれたはず……！　よし、帰ったら頼《たの》んでみよっ！

【さじわゃ】

「んんっ……！」

可愛い過ぎて叫《さけ》びそうになるのを我慢《がまん》する自分が居た。笑いと悶《もだ》え叫ぶ声が同時に出たらあたしの喉《のど》が死ぬ。愛ちゃんの両頬《りょうほほ》をくしくししたい。パッて見たら愛ちがもうしてた。あれ、今日はあたしに譲《ゆず》ってくれるんじゃないの？　何なら愛ちにしようか？

【さじょーまだ？】

愛ちも手伝ってあげて送った言葉。さじょっち？　まさかこんな可愛いメッセージの正体に気付いてないはずがないよね？

【もう色んなもん持ってくわ】

まずいかもしれない。

「え！　な、何を……!?」

「えへへ」

言葉では言い表せないような感情を感じる。ちょっと危ない感じはするけど……良いよその調子だよさじょっち、愛ちゃん喜んでる。一方でお姉ちゃんの方はめっちゃ動揺《どうよう》してるけど。漠然《ばくぜん》と複数形使うの罪でしょ。や、気持ちは分かるけどさ。

【愛ちゃんちょっとさじょっち忘れかけてたね（笑）】

【愛莉にぶつかってた人って言ったら飯星さんの名前が出て来たんだけど……】

【うそん】

がっくりするさじょっちの姿が目に浮かぶ。愛ちも同じだったのか、あたしと顔を見合わせて笑った。ホクホクと顔を綻《ほころ》ばせる愛ちの眩《まぶ》しさは自然環境《かんきょう》に良い意味で影響《えいきょう》を及《およ》ぼしそうだ。アサガオとかスゴく立派に育ちそう。ねぇさじょっち、愛ち、笑ってるよ？　さじょっちと話せて嬉しそうにしてるよ？　ほんとに今のままで良いの？　さじょっちの心が変わったように、愛ちだって変わるんだよ？

【何て言って思い出したの】

【変な頭だったねって……】

【ありがとうございます】

「えっ、ええっ……!?」

たぶん世界中でも稀《まれ》な〝ありがとう〟の使い方だと思う。愛ちめっちゃ困ってるじゃん。

偶《たま》には怒りなよ。愛ちだってさじょっちイジりたかったんだと思うし。もっとノッてあげるのも優しさだと思うよ。

「えっと……」

「愛ち、さじょっちが馬鹿なだけだから」

「そ、そうなの？」

不安そうにあたしに聞き返す愛ち。おのれさじょっち。愛ちの純情を弄《もてあそ》ぶとはッ……！

愛ちが許してもこのあたしが許さないよっ。かくなる上はここに呼び付けた上で〝休日のパパ〟の刑《けい》に処してやる。愛ちゃんの全力を受けてみるがいいっ……！

あれちょっと待って、それご褒美じゃない？　もう愛ちが何してもさじょっち喜んじゃう気がする。何でそんな無駄に無敵なの。

（変態に）選ばれたのはさじょっちでした。

「さじょーまだ～？」

「えっと、今どこに居るんだろう……」

不安そうにする愛ちを見てさじょっちに対して焦《じ》れったさを覚える。ほんとは遅れてるのを誤魔化《ごまか》してるだけなんじゃないの？　美人姉妹が待ってやってるんだよ！　そこは走ってでも来てあげるのがパパの役目じゃないの⁉　なんてね。もうちょっとだけ愛ち姉妹を独《ひと》り占《じ》めしていたい。早く来られてもそれはそれで満足できないかも。

にしても愛ちが嫁《よめ》かぁ……良い。自分がなってみたくはあるけど、愛ちが側で微笑《ほほえ》んでくれるなら旦那《だんな》としてそのために働くのも悪くない。仕事から帰った時に今日みたくパタパタとスリッパで迎《むか》えられるの最高。愛ちゃんと一緒に走り寄って来て欲しい。はぁ……考えるだけで幸せ。

愛ちゃんは天使。つまり愛ちは女神《めがみ》。ふーん、なるほど？　さじょっちの言ってることも解《わか》らなくはないかも？　うん、何だか体が愛ちを求めてる。同じ女だし、くっ付いても良いよね！

「……え」

「え？」

後ろから愛ちに抱き着こうとしたところで、愛ちが何やら寂しそうな声を上げた。声だけじゃない、スマホを見てる顔も何だか不安そうな表情になっている。とてもじゃれついて良い雰囲気《ふんいき》じゃなくて手前で止まるしかなかった。

「え？　え？　なになにどしたの？」

スマホを見てそんな顔をするという事はさじょっちが原因だろう。嫌な予感を覚えながらも愛ちに倣《なら》ってスマホを点《つ》ける。電源ボタンを押したところで新しい通知が目に入った。

バイトが終わったはずのさじょっち。午後からは暇《ひま》なはずだけど、最後のメッセから時間を空けてポツリとらしくない言葉を残していた。

【俺《おれ》行った方が良い？】

「は？」

思わず低い声が出た。

何のつもりか分からないけどこういうのは良くない。個人的にはありえないレベル。愛ちがせっかく素直になって迎え入れようとしてるのに、まるで面倒《めんどう》とも取れる確認《かくにん》をするなんて論外だ。マイナスポイントだよさじょっちっ……！　ちょっと本気で無い感じだよ！

「……渉《わたる》、来ないのかな」

「いや来るから。絶対来るから」

スイッチオン。愛ちの残念そうな顔で点火した。さじょっちはまず来る以外に選択肢《せんたくし》は無いと思って欲しい。何かと理由を付けて断るようなら今度会ったときに本気でグーパンすると決めた。

愛ちが残念そうに肩《かた》を落とすのを見て直ぐに指を動かす。逃がさないよさじょっち……！

絶対に来させるからねっ！

【え？　来てよ何言ってんの】

【あ、うん】

相槌《あいづち》のような返事。そんなの求めてないんだよねー。そんなんじゃなくて来るか来ないかで答えてくんないと。愛ちが不安なままじゃん。いい加減にしてくんないかなこの男。てか何。わかんないかな……愛ちのこの〝来て欲しい〟オーラ。この前学校で会った時の愛ち、ヤバかったじゃん。あれ見てもそんな感じなの？　え、嘘。さじょっちってここまで自覚無しなの……。冷たくされてた時期を知ってるからわからなくはないけど……そこまで？　二年半も一緒《いっしょ》に居てまだそんな感じなの……？

「ねえ、圭……」

こっちを見ない愛ち。何もない床《ゆか》を見つめながら、ボソッと話しかけて来た。その声色《こわいろ》は明らかに元気が無くなってる。少し口を閉じると、どこか怯《おび》えるように訊いてきた。

「……迷惑だったのかな」

「さじょっちィッ……‼」

はっはっはさじょっち、はっはっは。

あんにゃろうっ……冗談《じょうだん》抜きで頭にスパイク打つぞこのやろー‼　愛ちに寂しがられてちょっと羨ましいんじゃゃコラ‼

スマホの画面の上で指を素早《すばや》く動かす。

【え？　来るよね？】

【あ、行く行く。今から行きまーす】

【うんオッケー】

そうだよ最初からそう言えば良いんだよ。何を躊躇《ためら》ってんのこの男は。大義名分もらって好きな女の子の家に行けるってんだから何も考えず行けば良いのだよ！　は？　まだ家？　何言ってんの？

四十秒で支度《したく》しな‼

◇

愛ちが待ってんぞ！　早く来なっ！　なんて思うものの外は炎天下。さじょっちはさっきまでバイトしてたらしいし、この暑い中本気で急《せ》かそうとは思わなかった。

さじょっちが「行く」ってはっきり言ったからか、愛ちから不安そうな感じは無くなった。実のところ愛ちはさじょっちのことをどう思ってるんだろ？　自覚無しでさっきみたいな顔をしてたなら今後が楽しみすぎる。

　ダイニングテーブルにもたれかかって話してると、愛ちゃんがテレビを見てキャッキャと跳ね始めた。

「うん？　この時間何か番組やってたっけ？」

「愛莉、最近昼ドラ見てるんだ」

「ええっ⁉　サスペンス的なやつ⁉」

「ううん、旅館の若女将《わかおかみ》的なやつ」

「あー……そういうのもあったね」

　部活が午前中に終わった時とかに偶《たま》に見かける気がする。でもあれって姑《しゅうとめ》が若いお嫁さんを虐《いじ》める的な話じゃなかったっけ？　愛莉ちゃんの教育にはあんまり良くないんじゃ……ぶっちゃけ結構ドロドロしてるよね？

「愛莉はよく分かってないから大丈夫だよ。〝女将〟っていう仕事に興味を持ってるらしくて、よく真似《まね》するの」

「ははぁん……良いとこだけ吸収するパターンね。偉《えら》い」

「でしょ？」

　目をキラッとさせてドヤる愛ち。妹が褒《ほ》められると嬉しいらしい。今に始まった事じゃないけどね。愛ちゃんが関《かか》わるといつもは見れない顔を見る事ができる。この瞬間《しゅんかん》が一番嬉しい。愛ちに憧《あこが》れる女子が多い中で、あたしの方が愛ちの事を知ってるんだって思うとちょっと優越感《ゆうえつかん》だ。

「綺麗《きれい》にお辞儀《じぎ》できるもんねー」

「ねー！」

「やるー！」って言った愛ちゃんはソファの真ん中であたしに体を向けて正座。

あぁ……何をされるのかわかる。あたしは平常心を保っていられるだろうか。

「ようこそおいでくださいました！」

「愛ちゃーん！　お膝《ひざ》においでぇ！」

「きゃー！」

「あ……!?　ちょっと圭！」

ソファーに手をついてペコリと頭を下げられたらもう悶えるしかない。行き場の無い感情は目の前の愛ちゃんにぶつけるしかなかった。ぶつけるっていうか膝に乗せてハスハスした。愛ちゃんは甲高《かんだか》い声を上げながらも楽しいのか大人しかった。はぁっ……愛ちゃんやらかぁ……！

「愛ちゃんようこそおいでくださいましたぁ！」

「きゃははは！　くすぐったいぃ〜」

「もうっ……」

部活で疲れた体にみるみる力が漲《みなぎ》って行くのがわかる。愛ちゃんのにぱーっとした笑顔《えがお》はプライスレス。可愛いよぉ……なんなのこの天使、あたしも欲しいんだけど。お母さんどうにかしてくんないかなぁ。

「ふふ、愛莉。後で来るあいつにもしよっか」

「あいつー？」

「あ、えっと……〝さじょー〟にも」

「くふっ」

「もうっ……圭！」

愛ちの〝さじょー〟呼びに思わずツボる。愛ちゃんが呼ぶようなイントネーションだから余計にツボってしまう。ていうか可愛い。本当にあたしと同じ性別なのか疑問に思えてきた。たぶん〝女子〟の向こう側にもっと神秘的な何かがあるんだと思う。

「さじょっち、びっくりするだろうね」

「ホントよ。無反応だったら……」

「あ、愛ち……」

楽しみだね、って言ったつもりだったけど愛ちは妹のご機嫌《きげん》取りが最優先らしい。妹愛の深さを感じる。たぶん愛ちってどんな人だろうと妹の事になると怖《こわ》くなるんだと思う。

いまいち想像はできないけど、愛ちゃんが反抗期《はんこうき》になったら荒《あ》れるだろうなぁ……頑張《がんば》ってねさじょっち。あたしも精一杯《せいいっぱい》フォローするから。

「わっ……⁉」

「ひゃわあっ⁉」

行き過ぎた妹愛を刺激《しげき》しすぎないようにしてると、机の上に置いてたスマホが突然《とつぜん》ガタガタと震《ふる》えた。スマホカバー付けてるけど……プラスチックなのが余計にうるさかった。ラバー製のに替えよっかな……。

愛ちゃんの可愛い声が聞けたものの、愛ちは「びっくりするじゃない……」ってちょっとプンプンしながらあたしにスマホを渡した。怒《おこ》った顔でさえ可愛いのは反則だと思う。思わず嬉しくなってしまうのはきっとさじょっちの悪影響《あくえいきょう》なんだと思った。

【あの……もうすぐ着きます、はい】

「あー！　さじょー！」

あたしの画面をのぞいてぴょんぴょん飛び跳ねる愛ちゃん。そうだ、さじょっちのアカウント名って〝さじょー〟なんだよね。ひらがなだし、愛ちゃんが読めてもおかしくないか。ていうかさじょっち腰低いなー……。上司の人と電話するパパみたいだったよ？　緊張《きんちょう》してんのかな？　よく考えたら女子の家――しかも愛ちの家に来るんだもんね。普通は緊張するもんだよね。その緊張、ちょっとはあたしに向けてくれても良いんだよ？　平常運転すぎて時々イラッとするから。や、わかってたけど。

「ほら、さじょっち来たじゃん」

「う、うん……」

飼い主の帰りを察したワンちゃんのようにパタパタと玄関の方に駆けていく愛ちゃん。ちょっと危ない。そんな事したら愛ちに怒られるよー、なんて思ったけど、愛ちは特に追いかけようとしなかった。何も言わず、閉じた口をもにょもにょさせてその場に立ち尽《つ》くしていた。なにこれ、もしかして緊張してる……？

「あ、愛ち……？」

「ハッ……!?　え、えっとッ……愛莉!?　どこに行ったの!?」

「玄関の方行ったよ」

「もうっ……！」

愛ちが目を離したすきにッ……なんて呟《つぶや》きながら追いかけて行く。いやいや、目の前で走ってったじゃん！

何気にここまで長い時間を愛ちと過ごす機会は多くない。こうしてじっくり見て初めて愛ちは割とさじょっちのこと気にしてるんだと思った。何だろう……普通は女子トークの流れで愛ちの気持ちだったりを聞けるんだろうけど、愛ちは下手に触《ふ》れない方が良い気がする。そういうタイプじゃない。

どうなるかわかんないけど良い方向に進めば良いなと思った。さじょっち、愛ちのこと好きなのに微妙《びみょう》に距離とったりしてるし。見てるこっちがもどかしくなる。まぁあたしは愛ちの味方だし、さじょっちを応援《おうえん》してるかって言われればノータッチ系なんだけどね。

……それでも、あたしが一番好きな愛ちはさじょっちじゃないと引き出せないから。

そびえ立つ夏川《なつかわ》の居城。十メートルも無い一軒家《いっけんや》なはずだけど、俺の目には雲にも届きそうなくらい天に伸《の》びているように見えた。もしかすると炎天下《えんてんか》を歩いたせいで頭がどうかしてるだけかもしれない。表札の一歩手前で呼吸を整え、一歩踏《ふ》み出そうとしたところで焦《あせ》る様な声が聞こえて来た。

『ゆ、床硬《ゆかかた》くない……？　痛くない？　やめた方が良いんじゃ――――！』

『やぁ～っ……！』

『あはは、可愛《かわい》いじゃん』

夏川の声と、何かを嫌《いや》がる愛莉《あいり》ちゃんの声。そして能天気さを感じさせる芦田《あしだ》の声だった。普通のトーンでも聞こえて来るって事は、玄関に居るのか……？　まさか、さっき連絡した俺を迎えようとしてるとか……いやまさかね、そんな旅館の女将《おかみ》じゃあるめぇし、そんな事されたら寿命《じゅみょう》が縮んじゃうって。

『あ、あ、あいつ呼んで来る！』

「えっ」

明らかに俺を指した言葉。サンダルか何かのソールの部分が石畳《いしだたみ》を擦《こす》る音が響いて来る。夏川の接近を感じて思わず声が出てしまった。

ちょっと待つんだ、女神をこんな炎天下に晒《さら》すわけには行かない。絹のような白い肌《はだ》を焦《こ》がしてしまうくらいなら俺がそっちに行く。でもまだ心の準備が出来てないから折衷案《せっちゅうあん》としていったんそこで立ち止まるというのはどうだろう。そんないきなり夏川の家に飛び込むなんて——。

「……！　わたるッ‼」

ひぇっ。

バァンッ！　と城から飛び出して来た夏川。音にびっくりして思わず後ずさりしたものの、門の前に出て来た夏川の目は直ぐに俺を捉《とら》えた。あ、あれ……何か怒ってる？　一ノ瀬《いちのせ》さんに対する罪悪感と夏川ん家《ち》に向かう緊張からちょっと牛歩戦術使ってたのバレた……？

夏川はその美貌《びぼう》に似つかわしくない気迫《きはく》でズン、ズンと俺のもとに来ると、いつだったかより強い力で俺の袖《そで》を掴《つか》んだ。

「早く来てッ！」

「オウッ⁉」

グンッ、と引っ張られてセイウチのような鳴き声を上げながら夏川の家まで引きずられる。徐々《じょじょ》に深まる夏川ん家《ち》の香《かお》りに胸がドキドキするものの、恐怖《きょうふ》も入り交じってて夏川を意識するのとどっちの感情かよくわからなくなった。

『夏川』の表札とすれ違《ちが》うと、庭先には芦田が立ってた。「いったい何事⁉」なんて視線を向けてみるものの、芦田は両手を後頭部にやって面白がるような視線を返しては俺の手にあるお菓子《かし》の袋《ふくろ》に目を輝《かがや》かせるだけだった。鬼《おに》か悪魔《あくま》なの？　グッドじゃねぇよ、サムズアップやめろ。

玄関前《げんかんまえ》までたどり着くと夏川は立ち止まる。ただでさえ汗拭《あせふ》かないとって感じなのに、その頃《ころ》には俺の体は冷えっ冷えの汗でダバダバになっていた。このままだと夏川の手に付きかねない。いやいやそんなの嫌われるとかいう次元じゃやすまねぇぞっ……！

そっとだ……そぉーっと夏川の手を外そう……。

「……！」

「……⁉」

あれッ、えっ、ちょ、夏川さん⁉　別に逃《に》げないからそんなっ……掴み直さなくてもですねっ……！　そのっ……元からドキドキしてるだけに動悸《どうき》がとんでもない事になっていまして！　心拍数《しんぱくすう》で発電できそうです。

「渉《わたる》……」

「えっ、あの、腕《うで》——その、夏川？」

「——覚悟《かくご》しなさい」

「ええっ⁉」

「ダメ男感《お》すご」

夏川からここに立ってろと言わんばかりに凄《すご》まれる。されるがままリアクションしてると芦田から過去イチ余計な一言を浴びせられた。覚えてろ芦田……いつかお前のアホ毛みよんみよんしてやるからな。

なんて恨《うら》みがましい目を向けてると、芦田が苦笑いの顔で近寄って来た。

「はーいストップストップ」

芦田さん、貴女《あなた》が神か。

いや神は夏川だ、何故《なぜ》なら女神だから。だとすると芦田は天使か。いや天使は愛莉ちゃんか。じゃあ芦田は何だよ。え、芦田って何者なの？

「あ、あひだ……」

「舌が回ってないよーさじょっち」

何にせよフォローしてくれるのはありがたい。そう思って感謝を伝えようとすると思ってたより弱々しい声が出た。一ノ瀬さんの土下座に夏川からのお呼ばれ、芦田の圧に加え夏川からの連行が重なって俺のメンタルは実際の体力まで影響を及ぼしていたらしい。おかしい……ちょっとだけ癒《いや》されるつもりで来たんだけど……。

「愛《あい》ち、いつまでさじょっちの腕つかんでんのー」

「え……？　あ……!?」

芦田に言われてバッ、と手を離《はな》す夏川。見ると、夏川は俺とシワの寄った袖を交互《こうご》に見て顔を赤らめつつ、袖を優《やさ》しく撫《な》でてその手を胸に抱《かか》え込んだ。おい袖、そこ代われよ。俺が裸《はだか》になっちゃうじゃない……。

「えっと……」

「と、とにかく入って。扉《とびら》の前で一回止まって」

「な、何でだよ」

さすがの展開に俺もツッコまざるを得なかった。たぶん愛莉ちゃんが関わってて、だから夏川がこんなにおかしなテンションなんだって事は分かる。それでも少しくらい事情を説明してくれても良いんじゃないかと思わざるを得なかった。

「……っ……」

責めるように目を向けると、「おねがいっ……」という切なそうな目に見上げられて無理だった。わかった、おれ、とまる。

扉の向こう側から聞こえてた物音が止まった。何かの準備をしてた……？　え、もしかして親御《おやご》さん？

まさかの夏川家一家総出のお出迎《でむか》えなんじゃないかとビビってると、夏川が俺の腕をポンと叩《たた》いた。そう簡単に触れないでくれるか、洗いたくなってしまうじゃないか。

「入って」

「え、良いの？」

「入って」

「押忍《おす》」

有無《うむ》を言わせない言葉。一度は確認したもののもはや素直《すなお》に従うしかなかった。後ろから芦田の「くひひ……」って抑《おさ》え切れない笑い声が聞こえる。お前お菓子あげねぇぞ？　ええんか？　確かラムネ好きだったよな？　俺が食べちゃうぞ？

気を取り直してドアノブを握《にぎ》る。くっ……毎日夏川が握ってるドアノブか。そう思うと何かドキドキして来た。もうちょっとニギニギしとくか。いやキモいな、もう余計な事はしないでおこう。紳士《しんし》たるもの女子の自宅に上がる際は堂々とガチャっと——

「――ようこそおいでくださいましたっ‼」

「――ッ⁉」

寿命が縮んだ。

玄関先《げんかんさき》でペタンと正座してお辞儀する愛莉ちゃん。

か、可愛すぎるッ……！　お辞儀するだけでも可愛いのに床に手を添《そ》えて綺麗にお辞儀までするだとッ……！　五百点をやっても良い出迎えを受けたのに、胸はズキズキと悲鳴を上げている。前に部活の休憩中《きゅうけい》の芦田をからかって全力のスパイクを胸に受けた時と同じ感覚だった。

「可愛いでしょ。ねぇ、可愛いでしょ」

興奮したように夏川が可愛くドヤ顔をしていた。お前の方が可愛いよ（キリッ）。なんて愛莉ちゃん下げなこと言ったら冗談《じょうだん》でも嫌《きら》われるんだろうな。たぶん一番の地雷《じらい》。冗談じゃないのがまたギリギリの綱渡《つなわた》り。自制を知らない前までの俺だったら思わず口を突《つ》いて出ていたに違いない。キリッ。

『――やめさせないでくださいっ……！』

「……ッ……」

ンォッ……⁉

非常にまずい光景がフラッシュバックした。年齢《ねんれい》通り小柄《こがら》な愛莉ちゃんと土下座をする一ノ瀬さんの姿が一瞬《いっしゅん》重なった。トドメと言わんばかりに胸の奥《おく》がドクンと波打った。

「その体勢は俺に効く……」

「……？」

夏川と芦田から怪訝《けげん》な目を向けられた。特に夏川は「おうもっと喜べや」的な視線を送って来ている。勘弁《かんべん》してくれやお嬢《じょう》ちゃん。ちょっとだけ、ちょっとだけ時間をくれや……おっちゃんもう限界なんや……。

「──ふぅ、お出迎えありがとうございます。愛莉ちゃん」

「あい！」

俺の中に降臨したビジネスマンが他所《よそ》行《ゆ》きの挨拶《あいさつ》をしてくれた。バイト経験が活《い》きたと思う。これが無かったら女子二人と愛莉ちゃんの前でデュフフしてたわ。ありがとうビジネスマン、仕事に戻《もど》ってくれ。

◆

「さぁ～じょ～！」

「愛莉ちゃんちょっと待って。汗拭くから」

「あたしが言うのもなんだけどいったん中に入ったら？　冷房《れいぼう》効いてるよ」

「良いか？　夏川」

「えっ、う、うん」

飛び付いてくる愛莉ちゃんを何とか止めて玄関に入る。流石に暑い……このまま愛莉ちゃんと遊ぶわけには行かない。こっそりボディーシートも買っといて良かった。せっかくちょっとだけオシャレもしたんだし、汗臭《あせくさ》い印象を持たれたくはない。

「さじょっちオシャレしてきた？」

「俺はいつもオシャレしてるだぜ」

「何言ってんのこのさじょっちは」

とか言いつつ芦田は俺のお気に入りのアンクルパンツを触《さわ》って質感を確かめる。おいやめろよ、質感とか気にして買ってねぇよ。「あ、これ安物」みたいなスキル発揮すんじゃねぇぞ。ちゃんとそこそこの値段したからな。

「さぁ〜じょ〜！」

「おぉ、相変わらず元気だな愛莉ちゃん」

「へんなあたまじゃな〜い！」

「何で怒んだよ」

全身を何となく拭《ふ》き終わったところで待ってたかのように飛び付いて来た愛莉ちゃん。きっと自分がめっちゃ可愛いだなんて気付いてないんだろうな。こうやって同い年の男の子たちは恋《こい》という名の病を患《わずら》って行くんだろうな……頑張れよ、少年たち。

愛莉ちゃんは俺が前みたいに茶髪《ちゃぱつ》と黒髪《くろかみ》が入り交じった頭じゃないのが逆に違和感《いわかん》みたいだ。今は色落ちした普通の黒髪みたいな感じだからな。ご機嫌取りにしゃがむと、愛莉ちゃんは手を伸ばして俺の髪をぐしゃっとつかんだ。お返しに俺も愛莉ちゃんのツインテールを摘《つま》んで広げて見せる。

「変な頭ぁ」

「やー！」

ぶぉん、と頭《かぶり》を振《ふ》る愛莉ちゃん。そうだぞ、人をイジると自分も同じことをされるんだ。これを機に容易に人に抱《だ》きつこうとするのはやめなさい。これ以上、勘違《かんちが》いする男の子が量産される前に……。

「さじょっち、意外と愛《あい》ちゃんに強いんだね。もっとキモいかとおもってた」

「むぅ～っ……えいっ！」

「うるせ。いたたた。愛莉ちゃんそんな事するとお菓子あげないよ」

「やぁ～！」

これぞ大人のやり方。お菓子の袋を掲《かか》げてあげないよと脅《おど》すと、愛莉ちゃんは目をうるうるさせて俺に抱き着いて来た。あ、あれ……ホントに自覚無いんだよな……？　ここで女の武器使う？

冗談だよなんてお菓子の袋の一つを渡《わた》すと、きゅっと握りながらもっかい抱き着いて来た。これは武器じゃねぇな……国民の妹だわ。可愛い、疲れが癒される。今のうちに頭撫でておこう。

「……？」

愛莉ちゃんを可愛がりながら夏川の様子を窺《うかが》うと、夏川はこっちを見たままボーッとした様子で固まってた。まさかこれは……気を練り上げてるっ……⁉　安易に愛莉ちゃんに触れた俺を消そうとしている……⁉

ビビってると、芦田が夏川の目の前で手を振った。

「おーい、愛ちー？」

「ハッ……！　ご、ごめん……ちょっと興奮してた」

え、興奮してたの？

芦田と二人で夏川を見る。とても興奮してたとは思えないくらい静かだった。もっと感情を外に出しても良いのよ？　その方が助かる。

「気にせんで良かよ」

「何で博多弁《はかたべん》なの……」

〝夏川が興奮してた〟。どうやらその事実に俺の方が興奮してたらしい。なるほど、冷静に興奮するとはこういう事か。気持ちがよく分かったわ。

緊張をアホみたいな思考で誤魔化してると、芦田が夏川に抱き着いた。ずるいぞお前。

「じゃあ、その……上がって？」

「お、おお……お邪魔《じゃま》しまーす」

「おじゃましまーすっ！」

「愛莉はうちの子！」

愛莉ちゃんが手を挙げて俺の真似をする。あたかもよそ者みたいな事を言われるのが心外だったのか、夏川は俺から愛莉ちゃんを引き剥《は》がしてぎゅっと抱き締《し》めた。何だよぉ、俺悪くないじゃんかよぉ。

靴《くつ》を揃《そろ》えて玄関《げんかん》を上がると芦田から意外そうな目で見られた。ったりめぇだろお前。夏川の母ちゃんに見られたらどうすんだ。「あらこの男の子育ちが悪いのね」なんて思われたくねぇだろ。

「ほい、お菓子」

「うん。うわぁ、たくさん買ったねー」

「こんなに……結構したんじゃないの？」

「や、駄菓子《だがし》なんて別にそんなだから。気にすんなよ」

「う、うん……」

子供がメインターゲットの駄菓子は安い。それでも量を買うと安いわけじゃないけど、小さな子が見つめる横で買い物カゴにほいほい放《ほう》り込む爽快《そうかい》感は最高だったぜ。君にもいつかこんな日が来るさ。

夏川ん家《ち》のリビングは初めて入る。右手にはテレビにローテーブルにソファー。正面の奥にはダイニングにキッチン。どこの家庭にもあるような理想的な空間だった。

愛莉ちゃんがぐいぐいズボンを引っ張って来る。光栄な事に俺が来たこと事が嬉《うれ》しいみたいだ。や、誰《だれ》でも良いのかもしれないけど、そう考えた方が俺のメンタルに優しかった。ちょっとだけ疑うことを忘れよう。

「……涼《すず》しい」

「最初の感想それ？」

「おかし！　おかしたべたい！」

「もうっ、ちょっと待って愛莉」

自由奔放《じゆうほんぽう》な愛莉ちゃんが芦田の持つお菓子の袋の方にも飛び付いてちょっとだけ寂《さび》しくなった。夏川が芦田から袋を手に取ってスリッパを鳴らして台所に向かう。その姿を見てようやく夏川の家なんだと実感が湧《わ》いた。え、どうすれば良いかわかんないんだけど。てかちょっと待って、もしかして……。

「あ、あのさ、芦田。この後もしかして親御さん登場……？」

「お父さんは仕事で、お母さんもお仕事だって」

「あら」

ホッとした。はいもう大丈夫《だいじょうぶ》。ほらそこ、あからさまに呆《あき》れた目でこっち見ない。意中の女子の親御さんが怖くない奴《やつ》なんて居ないんだよ。菓子折《かしおり》が駄菓子なんてダサいにも程《ほど》があんだろ。

はぁ涼し。良い匂《にお》い。夏川ん家《ち》最高。バイト疲《つか》れた。ちょっとだけのんびりするか。考えりゃこっちは招待された側なんだし、そんなに気ぃ遣《つか》いまくる必要ねぇよな。少しだけ休憩休憩《きゅうけいきゅうけい》。

「さじょっち？　あたし達《たち》を見て何か言う事ないわけー？」

「？　ああ……なるほど忘れてたわ」

「大事だよそういうとこー」

芦田から言われてそういや忘れてたなと気付く。佐城《さじょう》知ってる、こういうときは服装を褒めりゃ良いんだろ？　伊達《だて》に姉貴に鍛《きた》えられてねぇ。俺に任せろ。

今日の芦田はガーリーな柄《がら》の半袖《はんそで》シャツにデニム質のショートパンツ。やっぱり制服姿しか見慣れてないから新鮮《しんせん》だ。オシャレを意識するとジャストサイズを意識するのか、制服より細い体が強調されてちょっとドキッとする。それより何より目が行くのは――。

「脚《あし》が超キレイだと思う」

「殴《なぐ》るよ？」

「蹴《け》り出てるッ⁉」

膝をやられてから気付く。服じゃなくて部位褒めてたわ……。

仕方ねぇじゃん。芦田スラッとしてるし、お前も自分の武器理解してそんなカッコなんだろうに。さすがバレー部。良い脚してやがる……。

「いやいや芦田お前ショートパンツ……そんな脚を剥《む》き出しにされたら服よりそっちに目が行くわ。見るなって方が無理あるって」

「生脚キィック！」

「それパンチッ⁉」

っぶねぇッ……！　姉貴に鍛えられてなかったら避《よ》けられなかったぜ！　フェイントの無いパンチなんてお茶の子さいさいさ！　俺を仕留めたかったらもっと裏の裏をかいて来るんだなっ……！

「ぐぬぬっ……」と唸《うな》った芦田はちょっと恥《は》ずかしくなったのか、そっぽを向いたまま一歩俺に近付いた。なるほど……あえて俺に近付く事で全体像を見られないようにする戦略か。できる。

「どーんっ!!」

「ぐふッ」

突如《とつじょ》、芦田が視界から消えた。何だ愛莉ちゃんにでもどつかれたか？　なんて思った瞬間に柔《やわ》らかい弾力《だんりょく》が俺の後頭部に伝わった。跳《は》ねた衝撃《しょうげき》で吹《ふ》っ飛ばされたのは俺の方だと気付く。ソファーの上、胸の上の重みに気付いて目を向けると、にぱっとした笑顔の愛莉ちゃんが跨《また》がっていた。

愛莉ちゃんの向こう側から、夏川がパタパタと足音を鳴らしてやって来る。

「ちょ、ちょっと……何やってるのよ」

「さじょっちとプロレス」

「何やってるの!!」

何ともギリギリの表現だなと芦田にツッコむ。夏川ならまだしも俺《おれ》が愛莉ちゃんに邪《よこしま》な感情を抱くわけないだろ。だから夏川、その怒り方は何となく大袈裟《おおげさ》な気がするんだ。何を考えたか言ってみ？　ほら。

そんな事を考えてると愛莉ちゃんが面白《おもしろ》そうに俺の胸をぽこぽこと殴り始める。顔を殴らないだけ良識があるなと思うのは俺が甘《あま》いだけか。ありがとうございます。

「こら愛莉！　お菓子あげないわよ！」

「良いよ良いよ夏川、遊びたいんだろうし」

「え、で、でも……」

「うりうりうりうり――」

「きゃはははは!!」

愛莉ちゃんは自分が満足しない限り止まらない。そんな事は前にお邪魔した時に把握《はあく》した。前と違って小さい子と接する緊張は無いし、愛莉ちゃんを甘やかす事も吝《やぶさ》かじゃない。おねむの時間が来るまでとことん付き合ってやる事にした。

どうだ俺のお兄ちゃんっぷりは。前みたいに翻弄《ほんろう》されてお馬さんになるだけのさじょっちじゃないんだよ！

そんなふうに思ってソファーで仰向《あおむ》けになったまま夏川と芦田に目を向けると、二人は妙《みょう》にそわそわした様子でその場に立っていた。俺の視線に気付いた芦田がハッとしたように動き出す。

「ちょ、ちょっと待ったぁ！」

「うおっ⁉」

何かを誤魔化《ごまか》すように声を張った芦田はソファーまで来ると、俺に跨る愛莉ちゃんの横に来て腕を開いた。

「愛ちゃん！　あたしにもパンチ！」

「ふぇっ」

「何言ってんのお前」

「……あ、あれ？」

珍《めずら》しく空振りを見せる芦田。ちょっと余裕《よゆう》が無さそうだ。愛莉ちゃんを見ると、人差し指を口に入れて困ったような顔をしていた。芦田のノリは五歳児《さいじ》の女の子には通用しなかったみたいだ。

「おねえちゃんのおともだちだから……」

「……っ……！」

両手で胸を押《お》さえて感激したように悶《もだ》える芦田。限界化する芦田を初めて目《ま》の当たりにしてちょっとイケない感覚を覚えた。でもあの、ちょっと待ってください愛莉ちゃん。俺は……？　俺はおともだちちゃうの？　おねえちゃんのお馬さんとかじゃないのよ？　え、夏川のお馬さん……？　何それ、ちょっと乗られたい――。

「愛ちゃん！　お菓子食べようよ！」

「！　……おかし！」

「ぐへっ」

妄想《もうそう》の世界に意識を馳《は》せてると、愛莉ちゃんがグンッと体重をかけてから立ち上がった。ダイレクトに胃が圧迫《あっぱく》されて危なかった。ここに来るまでにある程度消化されてなかったら終わってたかもしれない。

「そ、その……大丈夫？　渉」

「あー、うん……だいじょぶ」

「愛莉には後で言い聞かせるから――」

「いやいや、こんなぶつかれんの、俺か飯星《いいほし》さんしか居ないんだろ？」

「うん……うん？　いや、飯星さんは――」

飯星さんの名前を出すと夏川は申し訳なさそうな顔になった。〝押し倒《たお》された〟って飯星さん言ってたからな……。たぶんさっきの俺みたいにドーンッてされたんだろうな。

愛莉ちゃんにぶつかられて寝《ね》そべったまま夏川に見下ろされるのも悪くない。何よりマジマジと私服姿の夏川を見れて僕《ぼく》は幸せです。

「ねー、さじょっち？　愛ちに何か言う事は無いのー？」

夏川を見上げる俺の視線に気付いたのか、芦田が面白がる口調で試《ため》すようなパスを出して来る。さては俺のセンスを甘く見ているな？　さじょっちアイを舐《な》めんなよ？　たとえ相手が夏川であろうと、紳士的《しんしてき》に褒めて見せるっ……！

「ふむ……」

「え、な、なによ……？」

夏川はオシャレというより動きやすさを重視した対《たい》愛莉ちゃんコーデだ。肩《かた》の関節部分から布地を無くすことで可動域を広げるという高次元な工夫《くふう》を凝《こ》らしている。脚を見せないパンツスタイルなのは残念に思うものの、髪を耳にかける際にちらりと見える脇《わき》が——

「——……（ゴクリ）」

「さじょっち」

ごめん。

「あれ、寝ちゃった？」

「ええ、寝たわね」

愛莉《あいり》ちゃんを甘やかし続けて一時間。ソファーに奥から俺、夏川《なつかわ》、芦田《あしだ》と座《すわ》って落ち着いた時間を過ごす。もともと体力のある芦田と遊んでいた事もあってか、愛莉ちゃんは夏川の膝《ひざ》の上でうとうとし始めて食べかけのクッキーをポトリと落とす。あっ、と声を出した芦田が目をキラリと光らせて手を伸ばすも、すかさず夏川が拾って口に入れた。何だろう、ちょっとした攻防《こうぼう》に見えたのは気のせいか。

「た、食べてははしゃいでを繰《く》り返してたからね……そうなるのも無理ないよ。あたしでも眠《ねむ》くなると思う」

「ふふ、確かにそうね」

「すっごい幸せそうな顔してる……」

いよいよ寝る態勢に入ったのか、慣れたように夏川の膝の上で丸くなる愛莉ちゃん。

流石《さすが》にちょっと収まりきってはないけど、バランスよく力を抜《ぬ》いて寝付《ねつ》いてる。それを上《う》手《ま》く抱いて優しい目を向ける夏川は正に聖母……母性を感じるっていうか。ぶっちゃけ今すぐ一児の母をやってても上手くやって行けそうに思える。何か見てたら俺も眠くなって来たな。

「見なよさじょっち、素晴《すば》らしい光景だとは思わんかね」

「ん……？　おお……」

「……さじょっち？」

一拍《ぱく》置いてから芦田の言葉を理解する。睡魔《すいま》に理解力を持ってかれたのか、キレのある返事をする事が出来なかった。いつもなら即答《そくとう》で全肯定してただろう。はぁ、尊い……。

「渉《わたる》……もしかして疲れた……？」

「激しかったもんねー、愛《あい》ちゃんの突撃《とつげき》」

「ああいや、疲れてるとかじゃなくて。俺も眠くなっちゃったっていうか？」

「無理しなくて良いわよ。その……ごめんなさい、愛莉が叩いたり」

「マッサージみたいなもんだったから気にしなくて良いって。超《ちょう》気持ち良かった」

「変な言い方しないでよ……」

「急に変態っぽくなったよさじょっち」

キモく思われるのは望むところじゃない。やっぱり頭が回ってないみたいだ。考えてものを言うことができなくなってる。けど黙《だま》ってても余計に眠くなるだけなんだよなぁ。

仕方ないなぁ、という視線が二人から向けられる。何だか年下扱《あつか》いされてるようで恥ずかしい。両手でグリグリと目を擦って、何とか眠気《ねむけ》を吹き飛ばす事にした。

「でも偉《えら》いよさじょっち。ちゃんと愛ちゃんの相手してたね」

「え？　そりゃそうなんじゃねぇの？」

「や、まあそうなんだけどさ……」

まぁ夏川の機嫌《きげん》を取るのなんていつもの事だし？　気を抜いたとしても色々と立ち回るのはいつもの事なんだよな。愛莉ちゃん可愛いし。疲れてるから、なんてのを理由にして有り余る元気を抑えてもらうなんて論外だ。何よりそれで夏川がラクできる。

「さじょっちさ、もうちょい肩の力抜いたら？　ぶっちゃけかなーり頑張《がんば》ってない？」

「え……」

間違《まちが》ってはいない。そもそも夏川の家に居てリラックスしろってのが無理な話だった。愛莉ちゃんは別として二人の機嫌も損《そこ》ねたくないし。特に芦田は怒《おこ》らせたら怖《こわ》いし、夏川との時間を邪魔するのも申し訳ないしな。

否定できない指《し》摘《てき》に黙ってると、夏川が不安げな目になった。これは良くない。

「え、何言ってんの？　俺、愛莉ちゃんと遊んでただけなんだけど」

「やー、何か申し訳なくなって来てさ」

いやちょっと……芦田まで優しくして来たら俺の個性が死ぬんだけど。ちょっとバチバチしてるくらいが丁度良いのが俺たちじゃんか。そもそも女子二人のオフに一人呼ばれる男子なんてそういう役割だろ。俺もそのつもりで来たんだから余計なこと気にすんなよ……。

「……まぁ、なに？　申し訳なく思うんなら、この前の〝罰《ばつ》〟とやらをいっそ無かった事にしてくれたり――」

「それはそれ、これはこれ」

「悪魔め……」

「愛《あい》ちを怖がらせた罰だからねー」

「わ、私は別に……」

「ダメだよー、ちゃんとさじょっちに罰を与《あた》えないと」

これだから生粋《きっすい》の陽キャは……何ていうか程良《ほどよ》くない。そもそもそんな事で力抜けるんなら最初からテキトーに理由付けて断ってたっつの。本調子じゃない分まだ自然体で居られるけど、調子良かったらガチガチに合コンの仕切りみたいになってたからな。

「まぁそれは別としてさ、眠いのはバイトとかもあって疲れてるからでしょ？　愛ちゃんもおねむで落ち着いたし、お菓子もあるんだから休憩しなよ」

「え……そうなの？　私、全然……」

「いやいやそんなこと――」

「そんなこと有るでしょ～？」

……このアマ。

ふつ、と湧《わ》いた怒りにちょっと鋭《するど》く見ると、芦田は胸の前で慌《あわ》てたように両手を振った。別に俺を煽《あお》るつもりで全部喋《しゃべ》ったわけじゃないらしい。眠気が吹き飛んだついでに冷静に考えると、芦田ならもう少し上手く場を保てたはずだ。寝惚《ねぼ》けてたせいか、何か芦田を焦《あせ》らせるような事をしたのかもしれない。俺が遠慮《えんりょ》なく二人の会話に交ざっても学校に居る時と変わんないと思うけどな。

「……女子会に男一人呼ばれる気持ちになって見ろって」

しまった。

精神面の疲れの影響《えいきょう》か、つい溜《た》め息《いき》と一緒《いっしょ》に愚痴《ぐち》をこぼしてしまった。顔を上げると夏川と芦田が驚《おどろ》いた目で俺を見ていた。特に芦田は予想外と言わんばかりに目を見開いていた。

「あー⁉　女子の家に上がり込んでそれは贅沢《ぜいたく》なんじゃなーい⁉」

心外だと言わんばかりに芦田から指摘される。実際、これは詰《なじ》られてんだろう。そりゃそうだろうな。芦田からすればただ気遣《きづか》ってやっただけなのかもしれないし、たぶんこの空間の難しさは男にしか分からないものだ。本調子だったら別にそんなに思わないいんだろうけど。

「わ、私はそんなつもりじゃ……」

「あ、いや、うーん……大元《おおもと》はこれが原因じゃないから気にすんな。芦田に誘《さそ》われる前からちょっとアレなとこあったから」

夏川は間違いなく真に受けている。慌ててフォローを入れるものの、何だかそれすらも言い訳がましくなってしまった。これを理由に逆に気を遣われて距離《きょり》を取られるとかされたら死ぬぞ俺は。

「ほえっ、そうなの？」

手の平を返すように芦田の声が高くなる。全部を自分たちのせいにされたと思っていたらしい。まぁな、普通《ふつう》に考えて余程《よほど》の事がない限り俺のメンタル最強だからな。伊達に姉貴の弟やってない。まぁその余程の事があって精神摩耗《まもう》してるんだけれども。

「さじょっち、悩《なや》みとか無さそうなのにね」

「芦田に言われたかねぇよ」

自然と失礼な事を言いやがる。ムッとしてるし。そんだけ自分が言ったことが失礼なんだと知りやがれ。てか芦田の悩みって有ったとしても何よ？　テストの成績くらいしか思《おも》い浮《う》かばないんだけど？

「俺にだって悩みの一つや二つは有るっつの」

「例えば？」

「何か有ったの？」

「え……？」

え、何この食いつき。

悩みの無い能天気な奴じゃない。それだけわかってもらえれば良かったものの、思いの外《ほか》二人はすぐに訊《き》き返して来た。そもそも興味を持たれると思ってなかったからつい言葉に詰《つ》まってしまう。

「い、いや？　別にそんな二人に言うほどの事じゃないっていうか？」

「私たちには言えないようなことなの？」

「や、えっと……」

誤魔化そうとすると夏川が直ぐに詰《つ》めてきた。ちょっと待ってください……そんな予定は無かったんですけど？　悩みにしたって〝一つや二つ〟なんて言ったものの実際一つだし。ちょっとだけ見栄《みえ》張ってんのマジで恥ずかしい。

「いやその、言ったらドン引きすると思うし……」

『同級生の女子を土下座させちゃいました』。そんな事を言おうもんなら冗談《じょうだん》抜《ぬ》きのドン引きが待っている。さすがの夏川も前みたいに冷たく「あ、愛莉に近付かないでッ！」なんて声を震《ふる》わせながら言うに違《ちが》いない。

芦田にチラチラと視線をやって助けを求める。これはタブーだ。頼《たの》むからこれ以上訊《き》かないでくれや。

そう訴《うった》えかけていると、何かを察した芦田が「あっ！」って顔をした。わかってくれたかっ……そうだ、人が言いたくないって言ってる事は聞き出すもんじゃないんだよ。だからここは引き下がって――――ちょっと待て芦田。何でちょっと顔を赤らめてわたわたしてんの？　絶対何か勘違いしてるよな？

「い、いや～、まぁあたしはさじょっちがそんなに言いたくないなら――」

「わ、私たちがアドバイスできるかもしれないわよ？」

芦田が「あ、愛ちッ!?」って顔をした。待ってくれや。何つーか二人とも待ってくれや。そして芦田は何を考えついたのか教えてくれや。はっきり言葉にするのも大事。

「あ、愛ちっ……ほら、そのさ……女子にはわからない悩み……だったりするかもじゃんっ……」

「えっ……ええ⁉」

「ちがっ、違《ちげ》ぇよ！」

「え、違うの？」

「何と勘違いしてんの⁉」

思わずそこその声で否定してしまった。いやするわッ！　どんな勘違いしてくれてんの⁉　何で行き着いた先がそこなんだよ。〝思春期男子〟にフォーカスして考えんじゃねぇよ……だとしたらどの男子も悩みだらけだよ……。

夏川が「ち、ちがうんだ……」って言いながら恥ずかしそうにチラチラ見て来るのが超恥ずかしい。やめろ、下に視線を向けるな、興奮する。

「ち、違うなら……良いじゃんね？」

「うん……」

「何でや」

男子特有の悩みじゃないイコール聞き出して良いってのはいくら何でも横暴ではないだろうか。殺人犯にさえ黙秘権《もくひけん》があるのに何でただの無実の高校生が言わなくちゃいけない雰囲気《ふんいき》になってんだよ……！　そういや罪あったわ俺。

「い、言ってよ……！」

「……っ……」

ソファーの上、わずかに空いていた夏川との距離がグンッと詰められる。愛莉ちゃんを膝に乗せたままのその動きはどうなのか。一瞬だけそう思ったものの、思ったより真剣《しんけん》な目を向けられてそれどころじゃなかった。

……興味本位じゃ、ないんだろうなぁ。

何で夏川がそこまで……？　なんて思っても、んなもん夏川が優《やさ》しいからって理由に落ち着く。そもそも惚《ほ》れた理由がそれだし。きっと俺じゃなくても目の前で悩んでる知り合いが居たら手を差し伸《の》べるんだろう。

〝優しさや同情による行為《こうい》は相手に対価を支払《しはら》わせる凶器《きょうき》〟。どっかの漫画《まんが》で読んでカッケーなんて思った時期もあったけど、ホントは違うんだよな。〝その人に優しくさせること〟こそが罪。だって、結果的にその人に手間を取らせてるんだから。悲劇ぶってる前にする事あるんじゃねぇのって話。

優しさは極端《きょくたん》に言えば〝愛〟か〝情け〟の二択《たく》だ。前者を勝ち取れなかった俺にとって夏川の優しさは情けにしかならない。愛は無償《むしょう》――そして情けをかけられたら、対価を差し出すしかない。

〝悩みがある〟。そう言った事こそ失敗だった。最初から悩みを聞いてもらうつもりだったのなら別に悪くない。弱みを見せたくないなんて思ってるくせにそう言ってしまった事が悪かった。恥ずかしいなぁー……もう逃《に》げ場《ば》なんて無いんだろうなー……。

「その……わかった」

「——あっ……」

観念するしかなかった。詰め寄る夏川を宥《なだ》めて元の位置に戻ってもらう。そこまで優しくされたんなら俺も差し出すしかない。ドン引きされようと軽蔑《けいべつ》されようと、それがもう定まってしまった現実。都合の良い夢だけ抱いていられるわけじゃない。

「じゃあその、相談なんだけどさ……」

……い、言うぞ？　良いんだな俺……？　もうこの二人とはいろいろ終わるかもしんないぞ？　ええい女々《めめ》しいッ……！　そもそも一ノ瀬《いちのせ》さんに土下座させてる時点で男として何かが終わってる……！

「——バイト先で女の子を土下座させちゃったんだけど……」

「「何やってんの!?」」

誰か私に水を。

5章❤……❤芦田圭は考える

やん……。

「んぅ～っ……」

愛《あい》ちの腕《うで》の中で細い手足がもぞもぞと動く。愛《あい》ちゃんは背中を撫《な》でられると、居心地《いごこち》を直すように愛ちのおっぱいにほっぺたを埋《うず》めてまたスヤスヤと眠り始めた。良いなぁ愛ち

――じゃないよッ!!

「あんた、何やらかしたわけ……？」

「ギルティ過ぎない……？」

真剣に話を聴《き》こうとした愛ちは怒りを抑《おさ》えるように声を震わせながら訊き返す。同感だよ愛ち……何か焦《あせ》ってたあたしが馬鹿《ばか》みたいで沸々《ふつふつ》と込み上げるものがあるよ。

さじょっちは愛ちゃんの羨まけしからん光景には目もくれず、ソファーに座る姿勢を正して気まずそうに自分の膝を見下ろしてる。表情から『何で話しちゃったの俺……』的な感情が読み取れる。今さら誤魔化せると思わない方が良いよさじょっちっ……。

「あの、聞かなかった事に……」

「無理よ」

「無理だから」

とんでもないこと言われて〝やっぱ今の無し〟は無理だから。これは是《ぜ》が非《ひ》でも吐《は》いてもらうしかないねっ……女の子に土下座させるとか、余程の事だよね？　さじょっちいつからそんな風になっちゃったの！

「……あの、えっと」

「話して。話しなさい」

強めの愛ち。さっきまでの〝さじょっちの力になりたい〟的な目じゃなくなっちゃってる。何だろう、〝身内の大ごと〟的な？　あたしもこれは聞き出さずには居られないかなー。

「そもそもさじょっちが悪いわけ？」

「うっ……まぁ、向こうの性格を考慮《こうりょ》しなかった故《ゆえ》の悲劇と言いますか」

「大人しい子なの……？」

「……」

コクリと頷《うなず》くさじょっち。愛ちが厳しい目を向けた。あたしも同《おん》じ目を向けてるかもしれない。だって大人しい子でしょ？　そんな子がさじょっちに迷惑《めいわく》かけて土下座とか想像できないもん。さじょっちがその子にそうさせたとしか……。

「……っ……」

愛ちの目がもっと鋭くなった。

黙っちゃうさじょっち。これはもうさじょっちは逃げられると思わないで欲《ほ》しい。そんな怯《おび》えても無駄《むだ》だから。ここまで話したからには洗いざらい吐いてもらわないと納得《なっとく》できない。ホント、話さないなら話さないでずっと誤解したままかもしれないし。

じっと見てるとさじょっちは居住まいを正して表情を変えた。さじょっちも本気であたし達に聴いてもらおうって姿勢になったみたいだ。その姿を見てちょっとホッとする。心のどこかでもしかしたら話してもらえないかも、なんて思ってたから。

「……ちょっと、難しい話かもしれないんだけどさ――」

「……」

内容を語るさじょっち。聞けば聞くほどそれが全然くだらなくはない話って事がわかった。アルバイトをした事がないあたしや愛ちに対してかなり言葉を選んだ説明だったように思う。

まず驚いたし、反応に困った。さじょっちが真面目《まじめ》な話をしてる事。さじょっちの事だからまた変な理由でそんな事になったんだろうって思ったし、そもそもさじょっちが真面目に仕事に取り組んでるって事が意外だった。失礼な話なんだけどね。

愛ちはさじょっちの話を真剣に聴いている。あたしみたいに変な先入観で聴いてない事がよくわかる。意外だとも思ってないみたい。愛ち、さじょっちの真面目なとこ知ってるんだね……。

冷静に考えると当たり前の話だなとは思う。愛ちとさじょっちは中学の頃《ころ》からの付き合いだ。あたしが知らないお互《たが》いの顔を知っていてもおかしくない。

さじょっちも愛ちも思ってる事が直ぐに顔に出るし、そんな二人はお互いの機微《きび》に鈍感《どんかん》だし、それを側で見て来たあたしが一番二人の事をよく知ってる、なんて思っていたかもしれない。まだ出会って半年も経《た》ってないいんだなぁ……。

ふと愛ちを見ると、愛ちゃんの頭を撫でながらちょっと悲しそうな顔をしてた。

「あんたが、その、感情的になったんだ……」

「……まぁ、そういう事かな……」

感情的なさじょっちは見たことある。さじょっちとお姉さんが屋上で言い合いしてた時。あの時は明らかに只事《ただごと》じゃなかったと思う。キレてるさじょっちに対して『あんなに低い声出るんだ』って思っただけだった。その場を覗《のぞ》いてる罪悪感とか忘れるほどビックリしたし、明らかに異常事態だったから違和感《いわかん》なんて覚えなかったけど……。

「まぁ、その、これが悩みっていうか……？　明日からどうしよっかなって……」

「……」

「……」

何も思い浮かばない。話は分かりやすかったけど、アルバイトをした事が無いから接客の事なんて何も言えない。バレー部に大人しい子なんて居ないし、あたしはそんなに内気な子と接点を持つ事が無いから。気を遣って話しかけたところで迷惑に思われるって分かってるから。

でも仕事である以上、さじょっちはその子と無理にでもコミュニケーションを取る必要があった。だから、苦手に思われると分かっていてもそういう、ふうに言うしかなかった。

そんな事があるんだ……あたし、考えたことも無かった。

「――どうだよ。俺だってこんな問題抱《かか》えたりしてんだよ」

「え、えっと……うん。大変だねさじょっち！」

「大変だねじゃねぇよ……いっそ殺せよ……あぁやだもう死にたい……」

「さ、さじょっち元気出して！」

半ばあたしに向かって吐き出された言葉。まるで慰《なぐさ》められるもんならやってみろと言われてるようだった。さじょっちがズリズリとソファーから落ちる。女々しい事を言いつつ、そうやって空気の重さを和《やわ》らげていた。

悔《くや》しさを感じた。解決方法なんて何も思いつかない。あたしはさじょっちのテンションに合わせて頑張れとしか言えない。そうじゃなくてさ、何かもっとこう、力になりたいんだけどなぁー……。

話を聞いた限りじゃ少なくとも全部が全部さじょっちが悪いわけじゃないと思った。でも、口を出すにはあたしの知らない世界で、結果的に無責任な事を言ってしまうのが怖かった。

「――悪いのはあんただけじゃないわよ」

「……へ？」

さじょっちと二人して愛ちを見る。愛ちは額に手をやって悩ましげな目でさじょっちを見ていた。あたしと違って色々と考えてるように見える。まだ厳しい目が残ってる辺り、完全にさじょっちの味方というわけじゃなさそう。

「その、何て言葉にしたら良いか分からないけど……聞く限りじゃそもそもその子が人並みにコミュニケーションできたらそんな事にはならなかったじゃない。アルバイトの先輩《せんぱい》として発破をかけたって事でしょう？」

「……まぁ。そう、だな……」

まさか味方をしてくれるとは思わなかった。そんな顔でさじょっちはゆっくりと答えた。ソファーから落としていた体を戻《もど》すと、愛ちの話を聞く姿勢を作るように居住まいを正した。愛ちを見る意外そうな目はまだ変わらない。さじょっちはもっと愛ちに期待しても良いと思うんだけど。

「ちゃんと、理由があるじゃない……」

「……」

今度は愛ちが誤魔化すようにさじょっちから目を逸《そ》らした。顔はどことなく照れているように見える。え、ちょっと待って。

「愛ち。もしかして今の励《はげ》ましだったの？」

「なっ……!? 何でそんな事言うの！」

「言葉だけなら客観的な意見だったたっていうか……」

〝どっちがどのくらい悪いか〟を言ったんじゃなくて、〝悪いのはさじょっちだけじゃないから元気出して〟って言ったんだよね？　一瞬《いっしゅん》わからなかったけど、愛ちの様子を見て気付くことができた。よく考えたら自然な気がする。元気が無いさじょっちを前に愛ちが無感情で居られるわけがない。

「……そっか」

「そ、そうよ」

さじょっちが優しい顔をして愛ちを見た。そうだよなって、そんな感じの顔で愛ちを見てる。あまり真面目な話をした事が無いあたしにはさじょっちの言う〝愛ちの優しさ〟がよく分かってなかった。でも、今の愛ちを見て初めてその意味を理解できた気がする。

ちょっとさじょっちが元気になった気がする。もしかしたら解決法なんかより背中を押す事こそが大事だったのかもしれない。あたしも何か……うーん、でも結果的にさじょっちって女子に土下座させちゃってるんだよねぇ……あたし的にはそれはまた別っていうか……。

あ、でもよく考えるとこれってアルバイトはあんまり関係無い気がする。部活にあてはめる事も出来そうだし。自分からバレー部に入ったくせにレシーブ出来なくて弱音を上げられた的な？　で、叱《しか》ってみたら土下座でしょ？

「……あれ？」

そう考えてみたら違和感。普通なら逆ギレするとか、不貞腐《ふてくさ》れるとか、気まずくなってとかで来なくなるよね？　最悪そのまま辞《や》めちゃうよね？

「どうした芦田《あしだ》」

「ねぇ、何でその子辞めなかったの？」

「え？」

「つらいなら辞めりゃ良かったじゃん」

何か理由があったんじゃないかって思ってしまう。それも内気な子が土下座してでも辞めたくなかった理由が。その方が幸せだと思うって、さっきの説明でさじょっちも言ってたし。逃げ道の先に居心地の良い場所まであったのに、その子は〝辞めたくない〟って言ったわけだし。

さじょっちを見ると困ったように頭に手をやってた。土下座された事に動揺《どうよう》して、その子から詳《くわ》しい事情を聞いてなかったみたいだ。

「多分だけどさ……あたしもさじょっちみたいにその子とは反《そ》りが合わないかもしれない。でもさ、そこが分かったら、何となく納得できそうじゃない？」

「確かに……でもどうしたら」

「内気な子だし、さじょっちが折れたら終わっちゃいそうだね……聞き出すしかないんじゃないかなー」

「うっ……」

苦々しい顔で詰まるさじょっち。

ありゃ、難題与えちゃった感じかな……でも、全く理解出来ないままその子の先輩続けるのってつらいと思うんだよね。考えの読めない子が居るなら、とにかくその子と接して知るしかないんだと思う。

「――じゃあ、使う」

「……え？」

「ほぇ？」

ふと、宣言した愛ち。何の事か分からなくてさじょっちを見るものの、さじょっちも愛ちが何を言っているのか分からなかったみたいだ。二人で顔を見合わせて、愛ちの次の言葉を待つ。

「渉《わたる》の〝罰〟……それに使う」

え、ちょっと……愛ち？

ちょっとしたイタズラで愛ちを怖がらせた上に心配までさせたさじょっちに科した罰。さじょっちに対して愛ちが少しでも素直《すなお》になればって、そんな打算的な考えで〝罰〟だなんて言ったものの、まさかこんな使われ方をするとは思っていなかった。

「〝明日その子から話を聞く〟。それがあんたの罰よ」

「あ……」

一瞬、焦ったような顔をするさじょっち。かと思えばすぐに真顔になって少し考える仕草を見せる。一拍だけ目を閉じると、すぐに言葉を返した。

「……分かった」

承知しちゃうさじょっち。そこに使っちゃうかぁ……まあ、結果的にあたしの押《お》し付けがさじょっちの背中を押す手助けになったなら、まぁ良いかなぁ……愛ちが優しいからってのが大きいんだと思うけど。

「……」

「……」

「……」

シン、と一瞬だけ三人とも黙り込む。愛ちの提案で、さじょっちの悩みを解決する糸口が見つかったからかな。「じゃあその方向で」っていう、そんな沈黙《ちんもく》だった。

でも、うーん……何かもったいない気がするなー。

「良いの愛ち？　さじょっちに色々奢《おご》ってもらえたかもなのにー」

「わ、私は別にそんなこと……」

「俺《おれ》としてはいつでもカモンだけど？」

「あんたは無駄遣《むだづか》いしないの！」

「良いなぁ愛ち。パトロンじゃん」

そんなつもりないから！　なんて焦る愛ち。さじょっちがノリノリなのは愛の為《な》せる業《わざ》だと思う。貢《みつ》ぐ気満々なのが普通じゃなくてちょっと怖いけど。愛ちが悪女で優しくなかったら骨の髄《ずい》まで搾《しぼ》り取られてたんじゃないかな……。

「……まぁ別に、芦田も奢ってやんない事もないけど」

「あえっ⁉　えっ……な、何で？」

突然《とつぜん》あたしにデレを見せるさじょっち。予想外すぎて変な声が出てしまった。えっ、なにどういうこと？　浮気《うわき》ッ……⁉　浮気なのさじょっち⁉　あたしでも良いってこと⁉　駄目《だめ》だよそんなの愛ちに申し訳ないっていうか！　そんな急に思わせぶりな事を言うなんて……！

「や、お前がそんな真面目に考えてくれると思わなかったっていうか？　申し訳なさ……？」

「えー、何それー……」

とか言いながらちょっと嬉《うれ》しくなってる自分が居る。さじょっち、あたしに感謝してるんだ。ちょっとぞんざいに扱われる事が多かったから意外だったな……普段《ふだん》からその素直な感じ出してくれたら良いのに。可愛《かわい》くない。

「何だよそのちょっと不満そうな感じ。別にこれが無くても、芦田にならちょっとくらいサービスするぞ?」

「え、うそホント?」

「うん、私も圭《けい》なら……」

「……へ?」

さじょっちに便乗して苦笑い気味の愛ちもこっちに目を向ける。え、何この優しく見守られてるこの感じ。いつもと立場逆転じゃない? 何でこんなときに限って考え一致《いっち》してるのこの二人!

「え、えー! どしたの二人とも! 何でそんなに優しくしてくれるの!?」

「ま、まぁその? 本能が芦田に逆らえないというか?」

「なに言ってるの……圭にはお世話になってるし、応援《おうえん》したくなるくらい部活も頑張ってるじゃない。私はもっと、頼《たよ》られたいって言うか……」

「クラスの奴《やつ》も同じなんじゃねぇの」

「あわわわわ、ちょ、ちょっと……!」

急に褒《ほ》められてどう反応して良いかわからない。

ちょっとちょっと、そんな急に優しくしないでよぉっ……か、顔が熱いっ! あたしってもっと雑っていうか、こんなふうに優しくされるのなんて慣れてないんだから！

「圭……おいで」

「愛ち完全にお姉ちゃんスイッチ入ってるよね!?」

さじょっちに助けを求める。顎《あご》に手をやって「ほほう」なんてニヤけた感じにこっちを見てた。こっち見るな変態！　あたしが愛ちとイチャイチャしてるときにじっと見てるの露骨《ろこつ》すぎるから！　別にさじょっちに見せるためにやってるわけじゃないかんね！

白い目を向けると、さじょっちは誤魔化《ごまか》すように目を逸らした。

「まぁほら、遠慮すんなって話だよ。その方が夏川《なつかわ》が喜ぶから」

「あんたも圭に感謝するのっ！」

「わかったわかった。いつもありがとな芦田。もっと夏川とイチャイチャしても良いんだぞ」

「い、イチャイチャって何よ!?　そんな変なコトしてないでしょ！」

「自覚なし、か。たまらんな。助かる」

「助かるって何よ！」

イチャイチャを強調されたせいか、頭の中で愛ちとイチャイチャする画《え》が浮かぶ。思わず浮かんだイケない光景にあたしまで顔が熱くなってしまった。ちょっと満更《まんざら》でもなく感じてしまったのが余計に恥《は》ずかしい。

カムバック、冷静。

顔をパンパンと叩《たた》いて気付《きつ》けする。照れるからいけないんだっ……こんなのあたしらしくないっ。何よりさじょっちと愛ちに良いようにされてるのがムズムズする！　ここは落ち着いてっ……ちゃんと考えないとっ。

「そんな、自分の顔叩かなくても」

「愛ち達《たち》が悪いんだからね！」

あたしだって優しくされると心が傾《かたむ》く。たとえ愛ちだろうと慈《いつく》しむような目で見られて純粋《じゅんすい》に甘《あま》えられるような歳《とし》でもない。子供扱いしないでとムッとして見返すも、苦笑いされるだけだった。何だか納得が行かない。さじょっちの話をしてたはずなのになぁ……もしかして誤魔化されたんじゃないよね？

ふとさじょっちを見ると、また考えるように膝《ひざ》に視線を落としてた。愛ちの言ってた罰――課題としてさじょっちは泣かせた女の子と話さないといけないわけだけど……実際、ちゃんと考えなくちゃいけないくらいには難題なんだと思う。気まずいもんね。

さじょっちには申し訳ないけど、今日は二人の新しい顔を見れた気がして嬉しく感じた。

俺には罰がある。というのも前に山崎《やまざき》から深夜にスマホの鬼《おに》通知で起こされ、その復讐《ふくしゅう》でアカウントのアイコンと名前をホラー系のものに変えたら設定を戻し忘れて夏川《なつかわ》を怯えさせてしまったから。夏川より芦田《あしだ》大明神様の方が怖《こわ》かったのを憶《おぼ》えている。その罰として何らかの奉仕《ほうし》活動を要求されるものだと思っていたんだけど……。

一ノ瀬《いちのせ》さんの事は元々どうにかしないとって思ってた。夏川や芦田に相談しなかったとしてもどの道考える必要があったこと。けれど、そうやって戦う必要があったにもかかわらず、どうしようどうしようと手をこまねいていたのも確かだった。

俺の配慮《はいりょ》が足りなかった事は別として、一ノ瀬さんが土下座までしてバイトを辞めたくないと言った理由――普通ならじっくりと信用を勝ち取ってから聞くような事かもしれないけど、一ノ瀬さんみたいなタイプには多少の強引《ごういん》さも必要なのかもしれない。夏川がそれを〝罰〟としてくれた事で、尻込《しりご》みしてたものが前に出て来たように思えた。

「悪いな、何か重い雰囲気にしちゃって」

「びっくりしたけど……どうにかなりそうなら、まぁ……」

「もう土下座させないようにね」

「やめろください」

「あっ……」

　芦田が俺に効く言葉を使う。言われずとも同じ事を繰《く》り返してたまるか。

　そう意気込んでると、身動《みじろ》ぎして膝の上から落ちそうになった愛莉《あいり》ちゃんを夏川がさっと抱え直した。

「愛莉ちゃん、今寝《ね》ちゃって大丈夫《だいじょうぶ》か？」

「もう少しは大丈夫よ。今日はまだお昼寝《ひるね》してなかったから……」

「愛《あい》ちゃん……すごくはしゃいでたもんね。あの感じを毎日受け止めてる愛《あい》ちってやっぱりスゴいよ」

「夏川の運動神経の良さって天性じゃなかったんだな」

「やめてよー、あたし形無しじゃん」

　部活をしてない夏川の運動神経が良すぎて焦るって、芦田から聞いた事がある。そうでなくても夏川は中学時代からストイックな部分があるから、実は体力維持《いじ》なんかにも気を遣《つか》っているのかもしれない。

「まぁ……運動になってるのは確かかな」

「そういう事ならまた呼んでよ！　力になるからさっ！」

「ほ、本当……？」

「週四くらいで良いかな！」

「そんなに来なくて良いから！」

ちくしょうッ……俺も女だったら気軽に行けるのにッ……！

こういうとき芦田が羨《うらや》ましくなる。親御《おやご》さんの目とか気にせずにお邪魔《じゃま》できるからな。俺も女になって「おっはよー」なんて言いながらぴょんって抱《だ》き着いてみたい。等身大の俺が抱き着く光景が思い浮かぶ。はい、いま頭の中で手錠《てじょう》をかけられました。

「さじょっちも来た方が良いね！」

「えっ!?　そ、それはっ……」

ばっきゃろう！　女子のお前と俺じゃワケが違うんだよ！　軽い気持ちで夏川ん家《ち》に行ってみろ!?　夏川パパに書斎《しょさい》に通されて「娘《むすめ》とはどういう関係かね？」なんて詰問《きつもん》されるに決まってんだろ！　寿命《じゅみょう》縮むわ！

「……あ、」

「……あ？」

何かを言いかける夏川。芦田が面白《おもしろ》そうに訊き返す。文句を言いたいところだけど、こういうのは静観しておくのが吉《きち》と俺の経験則が告げていた。

「――愛莉を……ちゃんと抱っこできないとダメよ……」

「……」

は……えっ、は？

え、何この破壊力《はかいりょく》。条件を課したつもりなのかね？　嘘《うそ》だろ、これで俺のこと好きじゃないとか現実って残酷《ざんこく》すぎない？　夏川が可愛すぎて直視できないんだけど。何なら実は夏川の香《かお》りに包まれたこの空間に居る時点でもう限界なんだけど？　これ以上俺は何を我《が》慢《まん》すれば良いんだ……？

「……」

「……ちょい」

「な、何だよ……」

ソファーの後ろから手を回した芦田から小突《こづ》かれる。「いや、無いわー」なんて言いたげな目で俺を見てた。間に夏川が居るからか全部を言うつもりはないらしい。別に変な気を遣わなくて良いんだけど……。

「わ、わかった……抱くよ」

動揺のあまり言い方ミスったかもしれない。チャラ男か俺は。

恐《おそ》る恐《おそ》る右を見ると、芦田はドン引きした顔で俺を見てた。何でお前は一ノ瀬さんの件よりドン引きしてんだよ。言葉の綾《あや》だから。

一方で夏川はちょっと厳しめな目で俺を見る。ち、違うんだよ？　別にそんな変な意味で言ったわけじゃないからな？

「…………できるの？」

幸いにも穿《うが》った受け止め方をしなかった夏川。それでも俺の言い方が軽そうに見えたのか、ムッとした顔で俺を覗き込んで来た。愛莉ちゃんの事になると手加減するつもりはないらしい。それよりちょっと離《はな》れてくれませんか。思わずプロポーズしてしまいそうです。

「……まぁ。愛莉ちゃん抱いてる夏川、ずっと見てたし」

「……っ…………」

「夏川……？」

「な、何でもないっ……何でもないから！」

「お、おう……」

前に愛莉ちゃんを抱っこした時の事を考えながら答えると、厳しめな顔だった夏川から顔を背《そむ》けられた。これがアメとムチってやつか……多分これからも俺は夏川に翻弄《ほんろう》され続けるんだろうな。芦田はそのムカつくにやけ顔やめろ。

「じゃ、じゃあ……はい」

「え、ちょ、早っ、うおおっ……」

愛莉ちゃんの両脇《りょうわき》を抱えた夏川がサッと俺に愛莉ちゃんを渡《わた》して来た。ぐんっと、俺に向かって突《つ》き出された愛莉ちゃんが「んぅ？」なんて言って目を覚ます。えっ、そんな雑な感じで良いの？　もっと優しく慎重《しんちょう》に渡されると思ってたんだけど。うおっとと……。

「……しょっ……と」

「んむぅ……」

「……」

上手《うま》く抱っこする。コツは前に教えてもらったから大丈夫だ。座《すわ》ったまま抱えるのはちょっとレベルが高かったから立ち上がってから抱え直した。あれ、もしかして前に来た時よりちょっと背ぇ伸びた……？　年齢《ねんれい》より小柄《こがら》って聞いてるし、遅咲《おそざ》きのタイプなのかもしれない。そうじゃなくたって向こう十年は成長期か。

上手く出来てるかと顔を上げると、スマホをこっちに構える芦田が最初に目に入った。

「おい芦田——え、夏川も？」

文句を言おうとした瞬間《しゅんかん》に夏川がスマホを掲《かか》げた。ちょっと？　評価は？　これ抱っこという名目の何かの試験じゃなかったっけ？　何で急に撮影会《さつえいかい》始まってんだよ。

「おっと……」

腕の中で愛莉ちゃんが少し身を捩《よじ》った。どこか収まりが悪いのかもしれない。

「……もっと愛莉撫《な》でて」

「お、おう……」

言われて夏川が抱っこしてた時の光景を思い出す。

そういえば夏川も弾《はず》ませたり揺《ゆ》らしたり撫でたりと色々してたな。力加減が難しそうだ。やり過ぎたら揺りかごっていうよりちょっとしたアトラクションだからな。ほら、いいこ、いいこ。

「うん、そんな感じ」

「そうか――え？」

「え？」

思わず芦田と同時に声が出た。ふわっと甘い香りと一緒《いっしょ》に近付いて来た夏川。俺の正面まで来ると、まるで自分で抱えるかのように愛莉ちゃんを撫で始めた。夏川とサンドイッチして二重抱き状態になる。ちょ、距離《きょり》近っ……。

あの、夏川さん……？　なんて様子を窺《うかが》うも、夏川には俺との距離感なんて眼中に無いらしい。俺の胸と愛莉ちゃんの間に差し込まれた夏川の手がむず痒《がゆ》くて仕方ない。助けを求めて芦田を見ると、指をくわえてこっちを見てた。あいつっ……羨ましがってやがる……！

芦田は俺の視線に気付くとサッと指を下ろしてたははと笑った。どうやら助けてくれるつもりはないらしい。下手に動けば夏川の体を触《さわ》りかねない。俺の我慢は続く。この限界の向こう側には何が待っているのだろう。プロジェクトX――。

「お、おーい愛ちー、あたしを置いてかないでー」

「……え――えっ⁉　あれ⁉　わ、わたし……」

「さじょっちが限界だから、元に戻ろ？」

「――ッ⁉　あっ……あっ……」

目の前の夏川と目が合う。キラッキラの瞳《ひとみ》ときめ細かな肌《はだ》に惚《ほ》れ惚《ぼ》れするよりも芸術を感じた。俺はいま未来の人間国宝を目の当《ま》たりにしたのかもしれない。

いつまでも見てられるぜ！　なんて意気揚々《いきようよう》になったのも束《つか》の間《ま》、夏川に体重計に乗ったときの姉貴ばりのショック顔をされて一気に落とされた。

「生脚キック」

何故《なぜ》だ芦田。

◆

何とか平常心を取り繕《つくろ》えるくらいまで自分を取り戻した。少し離れたところで夏川がそわしながらこっちを見ている。この状態が数分も続くといい加減スルーする事を覚えた。芦田はソファーに座ったままカメラマンよろしく俺に角度を要求しつつ、スマホのフラッシュをパシャパシャと瞬《また》かせた。

夏川が空になったグラスを見つけてキッチンに向かう。その隙《すき》を見て芦田に恨《うら》み事をこぼす。

「……おいちょっと」

「ゴメンってっ」

この何とも言えない状況《じょうきょう》で一人自由過ぎだろ。天使のような愛莉ちゃんの命を預かり、女神《めがみ》の夏川にずっと見られ続けるという人生の絶頂に発狂《はっきょう》しないように耐《た》え続けてるってのにどういう事。

「……早い寝落ちかと思ったけど、時計見るとそうでもねぇな」

「あ、ホントだ。三時から四時って結構違《ちが》うよね」

「一気に夕方感増すよな」

　外から差し込む明かりは黄色を帯び始めている。愛莉ちゃんのふくふくとした頰《ほ》っぺたに反射する光もさっきと違うものになっていた。指先で突っついてみたくなったけど、夏川に見つかったらヤバそうだからやめておいた。

「その、愛莉起こしてくれる？　あまり寝ると夜に寝れなくなっちゃうから」

　戻って来た夏川が愛莉ちゃんを起こすよう頼《たの》んで来る。どうしようか迷ったけど、普通《ふつう》に揺すって起こす事にした。

「ほーら愛莉ちゃーん、起きろー」

「……んぅ………」

「……」

「夜眠《ねむ》れなくなっちゃうぞ～」

「あれ、これもしかして難しいやつ？」

「かもね」

　芦田と顔を見合わせて苦笑い。愛莉ちゃんを起こさないようにと気を遣いまくったわけだけど、もう少し騒《さわ》がしくしても余裕《よゆう》だった気がする。夏川に目を向けると、「仕方ないわね……」なんて言ってどこか嬉しそうに近付いてきた。この瞬間が一番幸せです。

「ほら、貸して」

「はひ」

「さじょっち、顔」

夏川がスッ、と俺の胸と愛莉ちゃんの間に指を滑《すべ》り込ませて来る感触《かんしょく》に理性を忘れかける。思わず芦田からの鋭《するど》い指摘《してき》が入った。愛莉ちゃんが寝てて良かったぜ……。

「えふっ」

気が付けば愛莉ちゃんは俺の服をぎゅっと掴《つか》んでいたらしい。夏川から割と強引に持ち上げられた愛莉ちゃんがぺいっと剥《は》がされた勢いで可愛い声を出した。芦田、何で動画撮《と》ってねぇんだよ。そういうとこだぞお前。

夏川は愛莉ちゃんをダイニングテーブルのとこまで連れて行って普通の木製のイスに座らせる。手すりもあるし……危なくはない、のか……？

「それ、良いの？」

「この椅子《いす》硬《かた》いから。そのうち居心地《いごこち》悪くて起き出すと思う」

「愛ち家《け》ならではってやつだね」

「愛ち家って何だよ」

早くも効果があったのか、愛莉ちゃんは不満げな声をもらしながら硬い椅子の上でもぞもぞとし始めた。なるほど、あれは確かに自然に起きそうだ。家庭の知恵《ちえ》だよな。

「愛莉ちゃんが起きたら帰りますかね」

「そだね。寝たままお別れって寂《さび》しいし」

「あ……えっと」

頑張《がんば》った。今日の俺は頑張った。自分で言うのもなんだろうけどここら辺が潮時だろ。何より親御さんが帰ってくる前に退散したく。夏川の家はまだまだハードルが高すぎる。魔王《まおう》城を攻略《こうりゃく》するにはまだまだ装備が足りない。せめて芦田を破るくらいにはレベルアップせねば。

「その……ありがとね、二人とも」

「気にしないでよ！　次は泊《と》まっていーい？」

「い、良いの……？」

「え？　うん。むしろ泊まらせて欲しいな？　なんて」

羨ましい。素直に芦田が羨ましい。あの顔は夏川と愛莉ちゃんに挟《はさ》まれて寝たいって顔だ。緊張《きんちょう》とか何もせずに夏川とイチャイチャできるんだろうな……くそう、俺も女に生まれてたら気軽にパジャマパーティーできるのに。

「さじょっちも泊まるー？」

「死ぬ」

「や、死なないから」

からかって言ったつもりなんだろうが笑い事じゃねぇぞ。死ぬわ。仮に俺が夏川ん家《ち》に本当に泊まりに行くとするだろ？　夏川パパに部屋に通されるだろ？　こってり絞《しぼ》られるだろ？　親父《おやじ》さんのベッド横の床《ゆか》で寝ることになるだろ？　親父さんの青春時代の話聞かされることになるだろ？　たぶん途中《とちゅう》で寝落ちして永久に目覚めないと思うんだ。

「まぁ、そだな……愛莉ちゃんのパワフルさに負けそうになったら声かけてくれよ。またおもちゃになってやっから」

「お、おもちゃになんてならなくて良いわよ」

「姉貴で慣れてるから」

「ふッ……何よそれ」

「……っ……」

突然の破顔。夏川を笑わせることができてこれ以上ない喜びを覚えた。

姉貴ネタか？　姉貴ネタなのか？　それなら夏川が笑ってくれるのか？　ちょっとネタ溜《た》めとくか……──あれ、思ったよりたくさんあるな。姉貴とのエピソード無尽蔵《むじんぞう》なんだけど。どんだけトラウマ抱えてんの俺。

「──んぅ……おねぇちゃん……」

「お」

「あ！　愛ちゃん起きた」

夏川の言った通り、愛莉ちゃんにはダイニングの椅子は硬くて居心地が悪いみたいだ。夏川を探してるのか、愛莉ちゃんは目を瞑《つぶ》ったまま手を彷徨《さまよ》わせている。

くすりと笑った夏川が向かおうとすると、夏川より先に芦田が動き出した。

「あたし、行っきまーすっ」

「あ！　圭《けい》！」

あまりの速さに夏川も動けなかった。一方で俺は芦田が指をくわえてた姿を思い出す。芦田お前……抱っこしたかったんだな。そういや俺が来てからというもの芦田はそっちのけだったか。

「愛ちゃーんっ！」

「んぇっ……!?」

よいしょっ、と持ち上げられた愛莉ちゃんは芦田に高い高いされて驚《おどろ》いている。夏川も芦田も思ったより慎重じゃないのな……夏川は慣れてるにしても芦田は大丈夫かよ。

「あたしだよー！　圭ちゃんだよー！」

「おねぇちゃん……」

「もうっ、圭ったら……」

「ほーら高い高ーい！」

「ちょっと、はしゃぎ過ぎよっ」

一頻《ひとしき》りアップダウンされた愛莉ちゃんは芦田の目の前まで持って来られると何が起こったのかわからない様子で目をパチパチとさせていた。まぁ寝起《ねお》きで高い高いされたらそうなるだろうな……心臓に悪そう。

「最後にぎゅー」

「んぅ……」

人に散々我慢するなだの何だの言ってたくせに、芦田が一番溜め込んでたらしい。普段から自由に見えて周りを見るのが芦田だけど、ここまで自分の欲求に正直な芦田は初めてだった。

危なくはないと思ってるのか夏川は近付こうとしない。何なら芦田もまとめて面倒《めんどう》を見ているかのように慈しみの目でダイニングの方を見ていた。生まれて最初に見たい顔ナンバーワン。

「俺がお株を奪《うば》ってた感じかね？」

「前はずっと圭にくっ付いてたから……」

「だろうな」

芦田が子供の事を苦手とは到底《とうてい》思えない。俺より前から愛莉ちゃんと知り合いなら、愛莉ちゃんにとっては芦田の方が偶《たま》に遊んでくれる優《やさ》しいお姉ちゃんなはず。

とはいえ芦田の印象だけ残してこのまま終わりってのも癪《しゃく》なので最後に顔だけ見せることにした。近付くと、芦田が渡さないと言わんばかりに威嚇《いかく》して来る。

「バイバイ、愛莉ちゃん。またいつかな」

「ふぇ……？」

「えっ……さじょっち、早くない？」

「……いやほら、親御さん帰って来たら気まずいだろ」

「ビビり」

「うっせ」

小声の会話。芦田に何と言われようと親御さんはまずい。何がまずいって親御さんが居ない間に男が家に上がってるシチュエーションってのがまずい。俺が夏川の父親だったら興信所《こうしんじょ》雇《やと》って住所と行動歴まで特定する。たぶん本当なら特別な関係じゃなくても初めまして、だなんて挨拶《あいさつ》すべきなんだろうな。

「んぅ、さじょー」

「ん？」

「う〜……」

芦田に抱《かか》えられたまま手を伸《の》ばして来る愛莉ちゃん。さよならを告げた途端《とたん》に不満そうな顔をするのが可愛い。このまま抱っこしてあげたい。だけどキリがないから握手《あくしゅ》する程度にしておいた。

「またな」

「その、帰るの……？」

「起きたからな。そろそろお暇《いとま》するわ」

「うん……その、ごめんね？　バイト終わりに……」

「いやいや、元々そんな体力的に疲《つか》れるようなもんじゃないから」

「でも、あれよ？　バイト先の子とは――」

「……まぁ。罰だもんな。今のままだと気まずいし、明日には何とかするわ」

「そう……それなら大丈夫ね」

ちゃんと約束は守る事を伝えると夏川はやわらかく微笑《ほほえ》んだ。改めて、夏川からこんな笑顔《えがお》を向けられる日が来るとは思っていなかった。環境《かんきょう》の変化とか、芦田との出会いとか、色んなもんが合わさって今があるんだろう。恋《こい》は終わってしまったものの、それでも恵《めぐ》まれているなと思った。

　芦田もこのタイミングで帰るみたいだ。俺とは違って親御さんの前で緊張することは無さそうだし、もっと残ってても良い気がするけど……このままだとタイミングを無くすとかなんとか言っていた。

　玄関《げんかん》まで向かうと夏川に手を引かれて愛莉ちゃんもトコトコと付いてくる。お目目パッチリ。芦田の目覚ましが強烈《きようれつ》に効いたみたいだ。絶対あれ体に良くないだろ。

「そんじゃ――」

「さじょー！」

「おう⁉」

　夏川の手から離れて俺の脚《あし》に飛び付いてくる愛莉ちゃん。可愛《かわ》ッ……くッ……耐えるんだ俺……！　このままだと愛莉ちゃんを連れて帰ってしまいそうだ！　絶対いま変な顔してるわ……！

「もう……ほら、愛莉」

「う〜」

　夏川が愛莉ちゃんを持ち上げてあやし始める。そこまで寂しく思ってくれるのなら超光《ちよう》栄。昔、遊園地の閉園時間が近付いて来たときに俺も同じ感じになったのを思い出す。めっちゃ寂しい感じだったんだよな、あれ。

「んじゃ、またメッセで？」

「そだね。また話そうよ」

「愛莉ちゃんもな」

「あ……うんっ」

夏川を通じて愛莉ちゃんとはまた話せる……待てよ？　さも当然のように夏川とやり取りする前提だけど、実は難易度高くないか？　いや、今はグループに芦田も居るし、その流れでやり取りすりゃそこまで難しい話じゃないのか。おかしい……何でアプローチしてた時より夏川との距離感が近付いてんだ……？　夏川の家に上がっておきながら今更《いまさら》な話かもしれないけど。いや嬉しいんだけどさ。

不思議な現象に首を傾《かし》げてると、横に居た芦田が身を翻《ひるがえ》して両腕《りょううで》をバッと開いた。

「――よし！　じゃあ次はあたしが飛び付かれる番かな!?」

「ふぇ……？」

「えっ」

帰るぞ芦田。

真夏だ。まだ朝だっつーのにセミは仕事を始めて過剰《かじょう》に季節感を強めて来る。煽《あお》るような鳴き声に腹立つあまり俺《おれ》も至近距離で絶叫《ぜっきょう》してやりたい気分だ。世の中に世間体《せけんてい》とか警察とか存在しなかったら間違《まちが》いなくやってたな。もうね、一人二人くらいに指差されたところでどうも思わない。

でも茹《う》だるような暑さの割には体が軽く感じる。昨日は自分でも実感できるほど気疲《きづか》れしてたし、夜十時くらいにはもう寝てたからな……実際眠《ねむ》かったたし。ちゃんと疲れが取れたみたいで良かった。

それはさて置きバイトだ。まさか一ノ瀬《いちのせ》さんとの一件に関して夏川《なつかわ》に〝罰〟とやらが使われるとは思わなんだ。今までに無い異常事態、かつバイトも夏休み限定でやるという点から一ノ瀬さんとのことは心のどこかで半ば諦《あきら》めてた節があったから、ああいう形で背中を押《お》されたのは大きい。まぁ、それを罰の代わりにするってのは不謹慎《ふきんしん》な気もするけど結果オーライだろ、うん。

……いや割とダメじゃね？　夏川があぁ言ってくれなかったら今もうだうだしてたんだろうし、むしろ夏川愛華《あいか》様の御利益《ごりやく》を享受《きょうじゅ》した感じだな。女神サンキュ、今度夏川ん家《ち》の郵便受けに五円玉投げ込んどくわ（事案）。

高架下《こうかした》に沿ってできるだけ翳《かげ》ってる部分を歩く。こっちはこっちでムワッとして湿気《しっけ》が強いものの、炎天下《えんてんか》を歩くよりはまだマシだった。最近はあんまり運動しないし、いつ熱《ねっ》中症《ちゅうしょう》だの何だのになるか分かんないから気を付けないとな……。

「……入りたくねぇ」

閑散《かんさん》とした通りにある古本屋。一ノ瀬さんはきっともう来てるだろ。昨日もそうだったし、学校に登校したときだって俺が教室に入ったらもう席に着いて本の虫になってるのが日常だったしな。

『――〝明日その子から話を聞く〟。それがあんたの罰よ』

「……はぁ」

嗚呼《ああ》、女神よ。

◆

古本屋に入って裏に向かうと、一ノ瀬さんは既《すで》に居た。固定NPCなんじゃねぇかってくらい昨日と同じ景色だった。強《し》いて違う点があるとすればもうおでこを出してるとこか。一ノ瀬さんは現れた俺を見て認識《にんしき》した途端、電撃《でんげき》が走ったかのように固まって動かなくなった。なに？　一目惚《ひとめぼ》れしちゃったかな？　ははっ、緊張してんのか。ちょっと血の気引いちゃってんなぁ！　空元気《からげんき》が止まんねぇぜ！

「……おはよう一ノ瀬さん」

「は、はいっ……！　おはようございますっ」

「あの……そんな身構えなくて良いから。昨日はマジごめん」

「は、はいっ……」

ダメだこりゃ。謝《あやま》ったからって昨日の今日だし、普通におしゃべりってのは無理あるか。今はできるだけ明るめに振《ふ》る舞《ま》って一ノ瀬さんに思うところは無いよってとこをアピールしないと……できっかな？　変な客来ませんようにっ……。

「表に店長居なかったけど、どこに居るか分かる……？」

「ぁ……えと、二階に行ってました」

「おっけ。分かったありがと」

オーケー、一度離《はな》れよう。小休止。こういうのは最初から一気に距離を詰《つ》めるのはリスクが高い。アレルギー治療《ちりよう》と同じだ、ちょっとずつ慣れて最終的には平気になっちゃうやつ。佐城《さじよう》アレルギー爆誕なう。治んなかったら不治の病だな。

住居スペースに向かう階段の途中、勝手に上がる訳にはいかないからまああの声で『おはようござぁーす』と出勤宣言。奥《おく》の方から『おーう』と聴《き》こえた後に『おはよう、佐城さん』と声が返ってきた。こういうとき、爺《じい》さんならともかく奥さんはちゃんとしてるからほぼ顔を見せる。今回は返事をされただけだったからきっとメイク中だったに違いない。おほほほ、タイミング悪くてゴメンあそばせ。

いつもの棚《たな》から従業員用のエプロンを取り出す。もはやいつでも接客できる状態だ。ふと横を見ると、手持《ても》ち無沙汰《ぶさた》になってる一ノ瀬さんがおろおろとしていた。

「まだ開店しないから、表でのんびり古本の整理でもしようか」

「ぁ……は、はいっ……！」

お、おお……？　たどたどしいけど昨日より良い返事だ。何かを改善しようとする努力がうかがえる。さすが土下座しただけの事はあるな……思い出したら心臓痛くなってきた。あんま考えないようにしよう。

ただ今の一ノ瀬さんを見ていると芦田《あしだ》に言われた事を思い出す。〝つらいなら辞《や》めりゃ良かったじゃん〟と。確かに、と思う。それなのにあんな事をしてまで今日もまた出勤して来たのを見るに、今なら何かしら譲《ゆず》れない理由が有るんだと思える。

まだ開店前なのに、昨日より機敏《きびん》に動く一ノ瀬さん……いや、うん、正直動き回ってる一ノ瀬さんから可愛《かわい》らしい擬音《ぎおん》しか聞こえねぇわ。タラちゃんが走るときの音が聞こえる。

視線の先、本棚《ほんだな》の一番上の段に目立つ色の一冊の本が映った。明らかに毛色のおかしい場所にある。たぶんお客さんが買おうとキープして結局買わずに適当に差し込んだからだろう。

直しに行こうとすると、一ノ瀬さんが同じ所を見て「あっ」と声を上げた。俺よりも先に駆《か》け寄ってそこに向かって手を伸ばして——いやいや届かないっしょ。そんな懸命《けんめい》に伸ばしたって足りないもんは足りないって。

「あっ⁉」

「ちょ——」

少し跳《は》ねて取ろうとした一ノ瀬さん。その時に下の段の本に手を付いたものの、その本は衝撃《しょうげき》で横に滑ってしまった。一ノ瀬さんが思いっきり体勢を崩《くず》したのを見て慌《あわ》てて走り寄る。滑り込むように倒《たお》れる体を支えようとする。

「だ、だいじょぶ一ノ瀬さん⁉」

「——ッ⁉」

何とか固い床に倒れこむ前にキャッチすることができた。軽《か》っる……何よこの軽さ！

女とTANITA《タニタ》の敵ね⁉　アナタ絶対お菓子《かし》食べても太らないタイプでしょ！　そんなの私が許さないわよ⁉

……や、マジで軽いな。女子ってみんなこんな感じなの？　たぶん中学の受験期の頃《ころ》に抱えてたくっそパンパンの学生鞄《かばん》より軽いわ。

「ぁ、あのっ……！　だいじょうぶっ……ですから……」

「あ、うん」

一ノ瀬さんはわたわたと慌てて俺から逃《のが》れようとし、滑るように離れる。

こう……何だろ、一ノ瀬さんを見てると触《ふ》れても邪《よこしま》な感情は湧《わ》かないな。罪悪感からか、それとも単純に庇護《ひご》欲をそそる感じの見た目が原因なのか……。

「高いとこは俺がやるから、余裕ある段から順にやってこう」

「は、はいぃ……」

か細い声の返事。うーん、昨日に逆戻《ぎゃくもど》りか。一気に出鼻挫《でばなくじ》かれたというか挫いてしまったというか……まぁやる気はあるみたいだからまだ挽回《ばんかい》はできんだろ。そもそも接客面以外はそんなに心配してないし。うん、頑張って覚えて行こう。

いやそうじゃねぇよ俺。そっちも大事だけどさ。

「……」

「……」

それから無言で作業は進む。毎度毎度、本が散らかされてるわけじゃないから棚の整理なんて速攻《そっこう》で終わるときもある。今日なんかまさにそれだな。週の前半だと客足は逆の意味で顕著《けんちょ》だ。みんな欲《ほ》しい物は週末に買うのね。平日の古本屋にもなると閑古鳥《かんこどり》すら鳴かないくらい無音になる。やっぱりなんかBGMあった方が良いんじゃねぇかな……。

「開店、だな。表の札ひっくり返してくる」

「ぁ……！　わたしが……」

「ん、じゃあ頼むよ」

頼むと、一ノ瀬さんはむんっと意気込んで古本屋の外に向かった。でも何だろう、どうも小走りの動作からピョコピョコなんて擬音が聞こえたり……何だこの感情は。まさか……これが、父性……？

気を取り直そう。開店だ。言わずとも一ノ瀬さんは頑張るだろうけど、変な客が来るってんなら俺も神経使わないといけない。下手に扱《あつか》うと感情を爆発《ばくはつ》させる辺りまんま爆弾《ばくだん》と同《おんな》じだかんな。こっちが高校生だと思って自分のつまんねー日常の憂《う》さ晴《ば》らししてくるから。その熱もっと別のもんに使えや——いけないいけない、冷静にならないと。

接客の難しさを考えてると、レジの裏側から爺さんがやって来た。

「やっとるか」

「店長。まぁ……はい、上手いことやれてると思いますよ。まだ序盤《じょばん》ですし」

「何事も無けりゃ良いが……」

トーン低めで問いかけてきた爺さん。普段《ふだん》声大きい人がトーンダウンしても普通の音量なんだよなぁ。まぁ一ノ瀬さん外行ったから大丈夫《だいじょうぶ》だけど。てかたぶん一ノ瀬さんの方が店長の性格に慣れてるか。もともと常連客だし。

なんて思ってると、一ノ瀬さんが戻《もど》って来た。

「や、やりましたっ……」

「よくできました」

「えっ」

あっ。

思わず一ノ瀬さんを初めてのおつかいを達成した子供のように扱ってしまった事実は墓まで持って行くとして、仕事の方は順調な滑り出しだった。あとは接客までこなせるようになればもはやこのバイトの業務はカバーできたと思って良いだろ。こんな簡単なバイトあるかね？　まぁ安いしな。実は一ノ瀬さんみたいなバイト未経験者にはぴったりなのかもしれない。

「いらっしゃいませー」

大きすぎない声でお客さん一号を迎《むか》える。普通の読書家っぽいおじさんだ。少し離れた所で一ノ瀬さんの顔が強張《こわば》ったのがわかった。昨日の事もあるし、最初の何度かは俺がレジやった方が良いかね。

精査の終わった中古本を並べる手を止めてレジに向かおうとする。すると俺の前にバッ、と一ノ瀬さんが現れて通せんぼして来た。は？　何それちょっと子供っぽくて可愛いんだけど？　バイトで俺を萌《も》えさせせんのやめてくんない？

「わ、わたしがやりますっ……」

「えっ」

え、待ってお兄さん感動したんだけど。この成長ぶりヤバくない？　あれから精神と時の部屋で修行《しゆぎよう》でもしたのかね。そんなもんあるならそこで俺にゲームをさせてくれ。狩《か》りの時間が足りなさすぎるんだ。

パタパタとレジに向かい、ふんすとした顔でレジに立つ一ノ瀬さん。顔からは緊張が読み取れる。あ、お客さん買うなら早く行ってやってください。一ノ瀬さん、徐々《じよじよ》に緊張深まって来てるから。

……お、向かった。

「……」

「……ぁ……」

ちぃっ……！　無言でレジに商品置いて来るタイプか！　放《ほう》り投《な》げられなかっただけでもマシかもしれない。でもその当たりの強さは一ノ瀬さんにはキツいかもしんねぇな……。

「い、いらっしゃいませ――ひゃ、百三十円が一点……になります」

おっ。

「ご、五百円、お預かりいたします。えとえとっ……ぁ、三百七十円のお返しですっ」

え、ちょっと待ってお兄さん感動。成長ヤバくない？（二回目）

ほんとにどっかで修行して来たんじゃねぇの？　精神と時の部屋は本当にあったんだ！　貸してくれよ！　タダでとは言わないから！　カラオケと同じくらいの料金で！

「ぁ……えと」

「どうも。このサイズですとブックカバー付けられますがどうします？」

「おう」

「わっかりましたー」

包装の段階で一ノ瀬さんの限界が見えたのを確認《かくにん》してすかさず割って入っておっさん客

に尋《たず》ねる。おう、という返事は謎《なぞ》の言語だからとりあえず詰めた袋《ふくろ》の中に本と一緒に入れときゃ文句は言われない。ほら本と一緒にブックカバー付けてる。嘘《うそ》は言ってない。

あざしたー、と言って一礼。視界の端《はし》で一ノ瀬さんも遅《おく》れず付いてきたのがわかった。

おいおいおいおいほんとにどうしちゃったんだよマジで覚醒《かくせい》したなこれ！

お客さんが店から出て行くと、一ノ瀬さんは少し恨みがましい目で俺を見てきた。

「……な、なんで入ってきたんですか」

「！」
マ、マジかよ……俺もう要《い》らない子？　笑顔でさよならしちゃって良い感じ？　今なら何の心配もなく辞められそうだ。昨日のことを土下座し返して謝りたいくらいだ。人って変われるんですねっ……！
駄目《だめ》だわ、興奮して遠慮《えんりょ》とかしてらんねぇ。

「どうしたんだよ一ノ瀬さん！　昨日と全然違うじゃん！　スゴいじゃんか！」

「はわっ……⁉」

勢い余って強めに肩《かた》を叩《たた》きそうになった。セクハラは絶対にしない精神。俺は紳士《しんし》です。

ただ声が大きかったせいか、一ノ瀬さんはビクッとして後ずさった。

「何か対策でもしたん⁉」

「ぁっ……あの、はい………接客の、動画とか見て……」

「そんなのあんの！」

「はいぃぃぃ……」

偉《えら》くね？　これ偉くね？　新人の鑑《かがみ》かよ責めどころ少しもねぇわ。愛莉《あいり》ちゃんじゃないけどお菓子の袋詰めあげたいくらい。昨日の俺に姉貴直伝のローリングソバットくらわせたい気分だ。

「良いね。この勢いのまま接客してこう！　慣れが大事なところもあるから！」

「は、はいっ」

嬉《うれ》しさのあまり褒《ほ》めちぎると、一ノ瀬さんは棚整理に戻ると言って俺から離《はな》れる。見てると、小さくガッツポーズしているのが見えた。どうやら自習した内容を活《い》かすことができて嬉しかったらしい。良いぞ……これは俺も嬉しい。何も悪いこと無《ね》ぇな、一ノ瀬さんみたいな子は自信を持つのも大切だからこのまま突《つ》き進《すす》めば良いと思う。

俺からの激励《げきれい》も効いた――――効いてたら良いんだけど。一ノ瀬さんはたどたどしくも積極的に業務に取り組み始めた。ハキハキと話すことについては課題かもだけど、伸び代の伸び方が尋常《じんじょう》じゃない。マジぱねぇ。

問題は昨日みたいに厄介《やっかい》な客に対処できるかという点だけど、そこは普通の接客に慣れる必要があるから一先《ひとま》ず置いといて良いかもしれない。そもそも初めから危惧《きぐ》してたのはそこじゃなかったし。俺だって初めから相手によって口調を変えるなんて小芝居《こしばい》ができたわけじゃないからな。

俺の場合は爺さんがあまりにもお客さんに向かってそりゃねぇだろって勢いで怒鳴《どな》るから自分でどうにかしようと思ったからだしな。やむを得ないんだこれが。

「佐城君、深那《みな》ちゃん、そろそろ休憩《きゅうけい》に入りなさい」

「うぃっす」

休憩をもらって裏に。居間に向かう際、途中で台所に向かう奥さんと会った。この後パソコン教室に行くらしく、しっかりと身だしなみが整えられている。

「あ、奥さん。昨日伝え忘れてたんすけど」

一ノ瀬さんには先に行ってもらい、バイトで使う踏《ふ》み台《だい》について今の危険な事も併《あわ》せて相談。爺さんに話すとそんなもんは要らんと一蹴《いっしゅう》されちゃうから奥さんを味方に付けるしかない。絶対面倒なだけだろアレ。

居間に行くと、休憩中の一ノ瀬さんは既に小さい鞄から本を取り出しかけていた。読書欲だけは昨日とは変わらないみたいだ。

……や、待てよ？　休憩はこの一回だけだし、一ノ瀬さんと世間話できるタイミングなんて今だけなんじゃねぇの？　バイト終わったらそそくさ帰る派っぽいし。このままだと夏川からの罰を執行《しっこう》できない。やべぇ、絶対に後で訊《き》かれるよな？　何とかしないと！

あーっと、えーっと、

「一ノ瀬さん、最終的には辞めると思ってたよ」

「えっ」

おいいいいッ!?　なに言っちゃってんの俺!?　頑張った子に掛《か》ける言葉じゃなくね!?　思いっきり嫌《いや》なこと言っちゃったよ!?　まぁ本心ではあるんだけどさ！

口が滑るというのはこの事か……あれだ、きっとリップクリーム付けすぎたんだな……いやよく考えたらそんなの付けてなかったわ。朝の食パンのマーガリンがファイナルコーティングだったわ。

恐《おそ》る恐《おそ》る一ノ瀬さんの方に目を向けると、そこにはムッとした顔があった。ごめんね？　たぶんデリカシー無いんだ俺。朝全部トイレに流しちゃったの。左に捻《ひね》ったら流れちゃったの。

「……辞めるわけにはいかなかったので」

俺と目が合うと、今度は一ノ瀬さんが目を逸《そ》らしながら遅れて言った。どうやら辞めたくないという確固たる意思があったみたいだ。昨日、土下座した時点じゃまだ心が折れてなかったんだな。

……んん？　〝辞めるわけにはいかなかった〟？　何かちょっと言い回しおかしくなかったか？　やっぱ辞めたくても辞められない理由があったのかね……？

『何で辞めるわけにはいかなかったの？』なんて訊いても『何でオメーに話さなきゃなんねぇんだよ、ええ？』ってなるだろうし……もっと自然な訊き出し方はないものか……。

まぁ、浅い部分から掘《ほ》り下げていくしかないか。

「あーっと……そもそもバイトは何でしようと思ったん？」

「……」

これかな？　志望動機っていうか？　バイトの先輩《せんぱい》っぽい訊き方じゃん。面接の時に爺さんにも話してる内容だろうし、これなら答えやすいんじゃないかと。

一ノ瀬さんは取り出し掛けていた本を元に戻すと、こっちに体を向けて俯《うつむ》きながら目を彷徨《さまよ》わせた。

「——自立したいから……」

「えっ」

え、いま何て言った……？　自立するため？　何それ凄《すご》くない？　俺そんなの考えたことも無いんだけど。俺がバイトしてる理由って何だっけ？　確か……遊ぶ金が欲しいから、だっけ？　クソかよ、俺クソかよ。本音と建前、奇跡《きせき》の共演。

「え？　じ、じ、自立っすか？」

「は、はい……自立です」

訊き返しても同じ答えだった。成《な》る程《ほど》……これが昨日あんだけ言われても辞めなかった理由か。俺とはバイトに臨《のぞ》む姿勢が違《ちが》う気がする。特別な理由ってか、一ノ瀬さんはバイトを社会人的な仕事として捉《とら》えてるのかもしれない。それならちょっとやそっとで辞めるわけにはいかないと思うわな。

……や、でも俺らまだ高一だぜ？　華のＪＫよ？　あ、よく考えたら俺ＪＫじゃなかったわ。Ｊ（自意識）Ｋ（過剰）？　うるせぇよ馬鹿野郎《ばかやろう》。普通《ふつう》にＤＫだったわ。ゴリラだったわ。ウホッ。

自立──自分の事は自分でどうにかしようって感じのやつだよな。学校の課題とか役割とかそんな生温《なまぬる》いもんじゃなくて、それこそ自分の食事だったり洗濯《せんたく》だったり、そういうこともやって自分の生活費を自分で負担するとか、そういうレベルの事を言うんだよな……。

「スゴいと思うけど……早くない？」

「……」

「……？」

小《ち》っちゃい体に何とも頼《たよ》りない立ち居振る舞い。これが夏川だったらまぁ納得《なっとく》できたかもしれないけど、一ノ瀬さんって考えるとまだまだ遠い未来の話のような気がする。や、どっちかっつーとまだできない方が高一じゃ普通だと思うんだけど。

黙《だま》って俯く一ノ瀬さん。バイトを始めた理由は自立のためなんだろうけど、自立したいと思う理由はまた別にありそうだ。学校の悩《なや》みか？　正直なところ悩み事は多そうに見える。マジで俺が立ち入っちゃいけない領域だったかもしれない。

「──……兄離《ばな》れ、したくて」

「え？」

え、言ってくれんの？　しかも聴こえたのがちょっと切ない理由だった気がする。兄離れ？　え、兄離れしたいの？　それはまた……こう、お兄さんに大ダメージを与《あた》えそうな理由だな。今聞いた感じだと『あぁそうなんだ』って他人事《ひとごと》みたいな感じだけど、一ノ瀬さんが自分の妹だったらって考えると過保護になってしまいそうだ。こんなこと言われる日が来るとか怖すぎんだろ……妹なんて居なくて良かった。

あれ、でもちょっと待てよ？　〝一ノ瀬さん〟のお兄さん……？

「あの、ごめん。もしかして、一ノ瀬さんのお兄さんって風紀委員の三年に居る先輩だったりする……？」

「ぁ……」

訊いてみると、一ノ瀬さんは小さく反応してコクリと頷《うなず》いた。やっぱり！　体験入学の時のクマさん先輩だったんや！　大柄《おおがら》な見た目だけど優しい顔しててずっとにこにこしてた印象だ。正直小柄《こがら》な一ノ瀬さんと全く似てないような気もするけど、一ノ瀬さんあってあのクマさん先輩ありって考えるとあの優しい性格も頷ける気がする。

「え、でも兄離れって、何で？　俺からしても優しい先輩だったし、兄離れなんかしなくても好きに甘《あま》えたら良いのに」

「……」

「あー……えっと？　甘えたくても、甘えられない？」

訊いてみると、一ノ瀬さんはまたもやコクリと頷いた。そりゃまた難儀《なんぎ》な話というか……これもう家庭の事情になってくるよな。それなら母親とかに甘えたらなんて思うけど、他に家庭の事情があるかもしれないし、藪《やぶ》を突《つつ》いて蛇《へび》が出て来るなんて嫌だしなぁ……まぁ〝罰〟としちゃこれでも十分な収穫《しゅうかく》っしょ。

要はこうだろ、大好きなお兄ちゃんに甘えたいけどもう甘えられない事情があって、だったら兄離れして自立するしかなかった。だからその精神を養うため、バイトを簡単に辞めるわけにはいかなかったってところか。おお、それっぽい。

「……成る程ね。一ノ瀬さんが頑張《がんば》る理由が解《わか》ったよ」

〝自立〟なんて大仰《おおぎょう》な言葉使われたからもっと複雑な事情かと思ったけど……何だ可愛い理由じゃんか。一ノ瀬さんからしたらめっちゃ大事《おおごと》なんだろうけど、〝兄離れ〟程度なら誰《だれ》もが通る道なんじゃねぇの。てか世の妹のほとんどは兄貴を疎《うと》ましく思うイメージが強いけどな……まぁ自分の身内って知られた時に恥《は》ずかしいか恥ずかしくないかって話か。クマさん先輩はイケメンとかじゃないけど評判良さそうだし、佐々木《ささき》は歯磨《はみが》き粉《こ》ばりに爽《さわ》やかなイケメンだからな。自慢《じまん》できる兄弟がいて羨《うらや》ましい。

「――わたし……お兄ちゃんの事が大好きだったんです」

「えっ」

「その……今も、なんですけど――」

え、あの、え？　まだ話すん？　お兄さんが好きとか、そんな赤裸々《せきらら》に全部話してくれなくても良いのよ？　あ、女の子に向かって〝赤裸々〟ってなんかやらし――いやいやどんなタイミングで邪《よこしま》な事考えてんだよ俺の脳みそクソか。いま真面目《まじめ》な場面でしょ？頭切《き》り替《か》えろ頭。

一ノ瀬さんはちょっと俯いたまま顔に陰《かげ》を作って喋《しゃべ》り続ける。あれか、俺に話してるんじゃなくて呟《つぶや》いてるだけなのか。呟きたいなら今は便利なアプリがあるんですよ一ノ瀬さんっ……！

「あの、一ノ瀬さん……？」

「家で本を読むときはいつも座《すわ》ってるお兄ちゃんの脚の間に入って……お腹《なか》を背もたれにして読んでるんです。温かくて、心地《ここち》よくて、それがもう当たり前になってたんです……」

何それすっごい和《なご》む。理想の兄妹《きょうだい》みたいな感じじゃん。そんなの聞いちゃうと俺も妹が欲しくなって──いやいやだから何でそんな話してくれんの？　俺のこと嫌《きら》いじゃないん？　信頼《しんらい》ゼロの相手に話す内容じゃなくない？　まぁ可愛い話なんだけども。

「一ノ瀬さん、その──」

「ある時、お兄ちゃんが同級生の女の人を連れて来たんです……由梨《ゆり》さん、という名前だそうです。次第《しだい》に何度もその人と顔を合わせるようになって、お兄ちゃんと話せる時間も少なくなって来ました……」

あー……〝由梨さん〟ね？　憶《おぼ》えてるよ？　同じ風紀委員でクマさん先輩が〝由梨ちゃん〟って呼んでた先輩だよね？　この前の体験入学の時に運搬《うんぱん》班で陣頭《じんとう》指揮とってた、めっちゃできる先輩。

ええ憶えてますとも。目の前でクマさん先輩とイチャコラしてくれやがって。疲労感《ひろう》が四割くらい増したの思い出したわ。周囲もなんか近寄り難《がた》かったのかちょっと距離《きょり》とってたからなマジで。でもクマさん先輩も由梨ちゃん先輩もちゃんとしてるの知ってるから何も言えねぇんだよなあれ。

ちょっと待って、そうなって来るとアレだろ？　由梨ちゃん先輩とクマさん先輩がイチャイチャイチャイチャするもんだから一ノ瀬さんが何か寂《さび》しい感じになってるってことだろ？

「それでもお兄ちゃんと一緒《いっしょ》に居たくて……ある日の放課後、家に帰ってからこの気持ちをお兄ちゃんに言おうって決めてたんです」

しんみりと話す一ノ瀬さん。俺が強引《ごういん》に割って入らない限り止まる気配がない。

……ちょ、ちょっと待ってこの流れヤバくない？　嫌な予感してきたんだけど。それ俺の精神耐《た》えうるやつ？　てかそれ俺が聞いちゃって良いやつなの？

「家に帰ったら、家族以外の靴《くつ》がありました……それが……由梨さんのものである事は、直ぐに気付きました。でも、その時はなりふり構って居られなくて……」

「一ノ瀬さんストップ。ちょ、ストップ」

「あ……」

やめて、お願い。もう何となくわかっちゃったから。だからわざわざ口に出して言う必要無いよね。いったん落ち着こう、自分から茨《いばら》の絨毯《じゆうたん》にダイブしに行ってるようなもんだから。しかもこのまま行くと俺の足掴《つか》んだまま飛び込みそうだから。

「……っ……」

あっ、泣きそうな顔やめて。え？　マジで泣きそうじゃん。今の俺がおかしいの？　つらい事をわざわざ言わなくて良いんだよ？　あれ、このままじゃマズくない？　二日続けてトラウマ作っちゃうとか嫌なんだけど。

「ゴホッ……んんッ。ごめん、その、痰《たん》が絡《から》まったというか」

「……」

一ノ瀬さんはコクリと頷く。頷いちゃったかー……。これで止まってくれると嬉しかったんだけど。

続きを促《うなが》すと、一ノ瀬さんは泣きそうな顔から元に戻って行った。どうやら話した方が一ノ瀬さん的には精神衛生上宜《よろ》しいみたいだ。そ、そこまで話したいのなら聞こうじゃねえか！　もうどんな内容でもかかって来いだしッ……！　耐えてみせるし！

「……家の階段を上がってお兄ちゃんの部屋に向かい、ノックもせずに部屋のドアを開けてしまいました」

一拍《ぱく》置いて、今度は少し淡々《たんたん》と話し始める一ノ瀬さん。心なしか目に光が無くなり顔には影が差し始めた気がする。溜《た》まっている鬱憤《うっぷん》を吐《は》き出そうとしてるなら俺がかけたストップは鬼畜《きちく》な寸止めみたいなものだったのかもしれない。心臓のバクバクが止まんないんだけど。死にそう。

「……そ、そしたら……えっと」

「……」

「そ、そしたらっ——！」

溢《あふ》れそうなものを堪《こら》えるように話す一ノ瀬さん。どうしてこの場面でそこまで思い切ってしまうのかわからない。でも、ここまで聞いてしまったならもう止めようが無いんだろう。だったら、もう祈《いの》るしかない。

お願いッ……予想外れてっ……！　心臓が爆発しそうなの！　どうか俺の心に安らぎをッ——！

「ゆっ……ゆりさんがおにいちゃんに覆《おお》い被《かぶ》さって……ちゅっ……ちゅーしててっ……！」

う、うわあああああああああッ……!!

8章❤ できること、できないこと

赤裸々に――本当に赤裸々に語られた一ノ瀬《いちのせ》さんの事情はもう何というか俺の中の破《は》壊衝動《かいしょうどう》を刺激《しげき》するようなものだった。リア充《じゅう》この野郎《やろう》とかいうよりも一ノ瀬さんへの同情心が強い。〝兄離れ〟のきっかけマジもん過ぎんだろ。NTR系マジやばい……厳密には違うけど。

あれから一ノ瀬さんはお兄さんと顔を合わせづらくなり、まともに話さなくなったという。それでも寂しい想《おも》いは募《つの》って行く一方で、このままではいかん、どげんかせんといかんという思いでこの古本屋にアルバイトしに来たとか。

「自立しないと、いけないいんです」

「う、うん……そっすね」

理解したよ。俺の気持ち的には予想の斜《なな》め上を飛んでホームランだから。そりゃ兄離れが必要に感じるわな。もし姉貴の同じような状況《じょうきょう》を目の当《ま》たりにしたら俺なら金貯《た》めて一人暮らし始めると思う。

あ、ちょっと待って時間経《た》つと興奮して来た。由梨《ゆり》ちゃん先輩って積極的なんだな……その片鱗《へんりん》は学校に居た時からちょっと感じてたけど……う、うわあああっ、クマさん先《せん》輩羨《ばいうらや》ましすぎるっ……！　でも素直《すなお》に祝福できちゃうこの感じ何なんだろうっ……やっぱイケメンかそうじゃないかはデカいな。

うおおおっ、ダメだ！　仕事仕事！　今日——いや昨日からちょっと邪念《じゃねん》が多いわ！　気を紛《まぎ》らわせないと！

◆

あれから一ノ瀬さんの仕事ぶりと来たらほんとに素晴《すば》らしいもんで、機敏にちょこちょこと動いていた。ゴメンね、見てると微笑《ほほえ》ましくなっちゃうんだ。

一ノ瀬さんの自立——自立とはちょっと違うかもしんないけど、〝兄離れ〟の覚悟《かくご》がどれだけのもんかは把握《はあく》した。すっかり引き込まれたというか、一ノ瀬さんに対する嫌な感情は予想外過ぎるエピソードに全部吹《ふ》っ飛ばされた。あんな話を聞いたからには一ノ瀬さんには是非《ぜひ》とも兄離れしてもらいたい。そうじゃないとつらすぎるじゃない……。

何だか妙《みょう》な連帯感も生まれた気がする。クマさん先輩の事は祝福してるけど、一方で『兄貴てめぇこの野郎ッ！』って気持ちがあるのも確かだ。たぶんそれが一ノ瀬さんと共通項《きょうつうこう》になったんだと思う。

「やっぱ接客かな」

「せっきゃく……」

ポロっとこぼした言葉に一ノ瀬さんがビクッと反応した。昨日の変な——もう良いか、ぎょろぎょろしたキモいおっさんのトラウマがまだ残ってんだろう。あれは特別キモかったから仕方ないけど、それでも嫌な感じの客は偶《たま》に居るっちゃ居る。

「間近で接するに限るし……それっぽい客が来たら俺《おれ》が対応するから、ある程度慣れるまで見てようか」

この勢いなら上達までの時間はそうかかんないだろ。単に何となくでバイトを始めたのならともかく、あれ程の理由があって続けるなんて覚悟なら『お、おう……まぁそれなら』ってくらい応援《おうえん》できる。ていうか指摘《してき》しづらくなったのは否《いな》めない。まぁ今日のところは上々のできだと思うから良いんだけども。

「あ……お客さ——おきゃくさま」

「え？　あぁいらっしゃいま——」

〝お客様〟じゃなくて〝お客さん〟って言いかけたのか、一ノ瀬さんが言い直しつつ俺の後ろを指差した。お客様が来たのなら挨拶《あいさつ》せねばと思って後ろを振《ふ》り向いたけど、顔を見て思わず言葉に詰《つ》まる。そういやこの前の体験入学以来、一回も来てなかったなと思い、改めて声をかける。

「いらっしゃい。笹木《ささき》さん」

「あ、あの……はい」

一ノ瀬さんかな？

何だか気まずそう？　すっごいもじもじとした感じでゆっくり近づいて来る。前会ったとき何かあったっけな……？　普通にさよならしなかったっけ？　相変わらず大人っぽい見た目なんだよな、この見た目でまだ中学生なんだぜ信じられ——あっ………。

中学生ってわかったからかすっごいフランクに話《はな》し掛けてしまった。前は女子大生と思ってたからバリバリ丁寧《ていねい》に話してたのに。こうやってころっと態度変えちゃうのって笹木さん的にどうなんだろう……急に年上ぶってんじゃねぇよってならないといいけど。

「あー……そっか。その……年下なんでしたっけ？」

「……!?」

「あっあっ……そのっ、どうかそんなに畏《かしこ》まらないでくださいっ、それが普通だと思うので……」

「あ、そうですか……」

「ひぃんっ、やめてくれないっ……」

年下って言った瞬間《しゅんかん》に一ノ瀬さんがバッとこっちを振り向いたのがわかった。わかるよその気持ち、どう見たって目の前に居るの美人のお姉さんだもんな。もう年上って事で良くない？　年下の女の子がお姉さんぶって俺を年下扱いして来る方がそこはかとなく燃え上がるもんが有んだけど。そう、俺は燃えるゴミ。

「あーっと……これで良い？」

「あっ……はい！」

中学生中学生……相手は中学生。薄《うす》ピンクのブラウスに白いスカートとか大人っぽい格好してるからって年下だから。鎮《しず》まれ、年上の女子大生にタメ口使って甘えたくなってる俺の邪念よ。お前ならできるっ……今日から君は富士山だッ………！

「えとっ、きょ、今日はですねっ！　この前の誤解を解《と》きに来たと言いますかッ……」

「え、誤解？」

誤解とは。何か笹木さんに変な印象持ったっけな………年上かと思ったら中学生だった事くらい？　ハッ……まさか、この前の体験入学のときのお友達三人も含《ふく》めて全員中学生のコスプレした女子大生だったとか⁉　おいおいマジかよ全然わかんなかったんだけど本気で騙《だま》されたわ(歓喜《かんき》)。

「笹木さん……俺、すっかり騙されてたよ」

「えっ⁉ ち、違うんですアレは‼ 私は喋り下手じゃないし少女漫画《まんが》ばかり読んでるわけじゃありませんからね！ 小説だって大好きです！ お、主に恋愛《れんあい》小説ですけど……」

「えっ」

え、そっち？ 女子大生違うん？

「こ、これでも最近は『やっと中身が見た目に追い付いて来たか』って先生に言われるんですから！ 服だってキャラクターのをやめて大人っぽいのを調べててっ……！」

「あっ、うん」

あ、あれ？ 何かだんだんタメ口利くのに違和感《いわかん》を覚えなくなって来たかもしれないぞ？ 笹木さんってこんなキャラだったっけ？ もっと落ち着いた感じだったような……や、まぁ中学生なら全然おかしくはないんだろうけど。でも女子大生じゃん？ あれ？

いや待て、落ち着くのは俺の方だ。笹木さんが中学生だろうが女子大生だろうがそんな事はどうでも良い事だろ。大人っぽい女性に残る少女のようなあどけなさ――これが全《すべ》てだ。キャラクターの服だって？ You着ちゃいなよ！

「大丈夫ですよ。笹木さんはちゃんと大人っぽいですから」

「――！　ほ、ほんと――あっ、でもそのっ、だからってそういう風に接して欲しいわけじゃなくて……佐城《さじょう》さんには後輩《こうはい》として扱《あつか》って欲しいと言いますかっ……！」

「後輩な。そうなんだよな。それはそれで良いよな、うん」

「それはそれで良いですよね！」

そうそう。ただ後輩に女子大生ばりのスタイルで所々子供っぽい言動の中学生が居るだけだ。もうそれで良いじゃん、あまり考え過ぎるとイケないドツボに嵌《はま》りそうだ。気を取り直そう。横を見たら一ノ瀬さんが『どういうこと？』って顔で俺と笹木さんのやり取りを見てた。

「一ノ瀬さん、こちら笹木さん。信じられないかもしんないけどまだ中学生で、来年うちの高校を受験する予定の女子大生です」

「えっ」

「ごめんミスった」

うん全然女子大生だわ。全然後輩扱いできてねぇじゃん。油断したら俺の方が年下っぽくなりそう。弟根性《こんじょう》が染《し》み付いちゃってんだよ。早くこの支配《姉貴》からの卒業できねぇかな。

「ま、まだ中学生ですよ！　佐城先輩！」

慌《あわ》てて訂正《ていせい》を入れて来る笹木さん。てか、え？　佐城先輩だって？　俺そんな年上扱いとかあんまされた事ないから嬉しくなっちゃうんだけど。もうめっちゃ優《やさ》しくしちゃう。おいそれ末っ子によくあるやつじゃねぇか……。

「ちゅーがくせい……」

ちょっと俺より後ろ目のとこから笹木さんを下から上まで見る一ノ瀬さん。こら、ジロジロ見ちゃいけません、自己紹介《しょうかい》しなさいよ。明らかに劣等《れっとう》感覚えてる顔するのやめなさい。そんなの俺も感じてるから。色々と。

「笹木さん、こちらは一ノ瀬さん。新しいバイトの子で俺と同級生」

「さ、佐城さんと同級生ですかっ。宜しくお願いします！　一ノ瀬先輩《せんぱい》っ」

「あ……え、えっと……」

ちょっとずつ元気な中学生っぽさを見せ始める笹木さん。でも一ノ瀬さんにはちょっと十分過ぎるみたいだ。笹木さんも笹木さんで一ノ瀬さんのサイズ感に安心したのかすらすらと話し始めた。こう……圧力ゼロだから、一ノ瀬さん。

うーん……この二人の中身が入れ替わったら上下関係がちょうど良くなりそうというか……や、これはこれで面白《おもしろ》そうだな。ちょっと先輩ぶってる一ノ瀬さんとか見てみたい。とうの一ノ瀬さんはと言えば先輩と呼ばれて照れくさくなったのか、出会《であ》い頭《がしら》の笹木さんと同じ様にもじもじしながら俯いた。大人っぽいもんな笹木さん……その変な感覚は何となくわかるわ。

　それでも嫌じゃなかったのか、一ノ瀬さんは俺が紹介したタイミングでちゃんと笹木さんと向き合った。

「――よ、よろしくおねがいします……後輩」

「えっ」

　お待ちなさいお嬢《じょう》さん。

◆

　せっかく久《ひさ》し振《ぶ》りに笹木さんがやって来てくれた事だし、ゆっくり話したいところだけど正直いまは一ノ瀬さんでいっぱいいっぱいかもしれない。一ノ瀬さんは昨日の事を含めて自分で話した内容が一種の決意表明になってるのかやる気に満ち溢れている。どこでスイッチが切れるか分かったものじゃないからいまいち安心はできない。

　傷ついた時にできた心の穴を仕事で埋《う》めるなんてよく聞く話だけど、それで良い方向に向かった事なんてあんま無いし……俺が知ってんの、ドラマとか漫画での話だけど。

や、待てよ？

「笹木さん、確か読書家だったよね？　一ノ瀬さんと気が合うかもね」

「え、そうなんですか？」

たどたどしく紹介し合う二人に話題を投げ掛ける。一ノ瀬さんも読書家だし、年の差はあるけど仲良くなってくれればと思う。気の置けない相手が出来れば兄離れとは行かずとも、寂しさを和《やわ》らげるくらいは出来るんじゃないかと。てか兄離れはすべきなのか……。

「ほ……本は、読みます、けど………」

「本当ですか？　あまり周りに読書仲間が居なくて寂しかったんですっ。良ければ仲良くしてくださいねっ」

「えっ、あの……えっと」

おっと？　笹木さんが俺のよく知る笹木さんになったな。もしかして外向けの顔だったり？　ってことは中学生らしい笹木さんは心を開いてくれたと思って良いのだろうか……くっ、でも笹木さんは大人っぽくあって欲《ほ》しいっていう俺が居る……！　でもテンション上がってぴょんぴょん跳《は》ねてた時の笹木さんもそれはそれでもうっ………もうね!!

「……ぁ、あの……今は仕事中で……」

「あ……そうですよね」

「や、今は良いよ。お客さんが来たときに切り替えてくれれば」

「えっ……」

どうせ客なんてほとんど来ねぇし。ちゃんとしなくちゃいけない時にちゃんとできれば別に良いと思うわ。すまんな爺《じい》さん。

「笹木さんは恋愛小説読むんだっけ？　一ノ瀬さんはどんなの読んでんの？」

「えっと……こだわりはなくて……題名に惹《ひ》かれたものを」

「ほぇぇ、凄いです……」

「……!?」

キラキラした眼差《まなざ》しで一ノ瀬さんを見る笹木さん。どうやら一ノ瀬さんの読書家ぶりは凄いらしい。漫画ばっか読んでる俺にはさっぱりわからない世界だ。でも確かにジャンルにこだわった事が無いっていうのは〝本〟という存在そのものが好きなんだなって感じがする。本なんて広い括《くく》りだと無限に有るし、次から次へ読み続けられるなんて羨ましい。それでもクマさん先輩に背中預けて読むのが重要って考えるとまた切ない気持ちになっちまうよ……。

尊敬の眼差しに一ノ瀬さんはちょっとタジタジだけど、今はこのままにしておきますかね。

◆

「………」

いや客来ねぇな。

笹木さんに一ノ瀬さんを任せて──いや逆か？　一ノ瀬さんに笹木さんを任せて三十分。楽なバイトだけあっていい加減する事が無くなって来た。店内のＰＯＰもいま変えるようなタイミングじゃないし、いつもの俺なら『早く終わんねぇかな……』なんて思いながら棒立ちし始める時間だ。

そんな中でもレジ前では一ノ瀬さんと笹木さんがトークに華《はな》を咲《さ》かせている。聴《き》こえてくる声は笹木さんが問い掛けてばかりだけど、物腰《ものごし》の柔《やわ》らかい──柔らかい？　笹木さん相手だからか一ノ瀬さんはしっかり受け答えしていた。つか何歳《いくつ》の相手にこんな事思ってんだろうな……。

一ノ瀬さんのメンタル的なのも心配だけどこのままじゃ研修にならない。夏休みが終われば俺は抜《ぬ》けるんだし、少しでも有意義な時間はあった方が良い気がする。そうだ、ここは笹木さんに協力してもらう事にしよう。

「お話し中ごめん。笹木さんって時間ある？」

「はい？」

ネックなのはイレギュラー対応というか、接客。難癖《なんくせ》の一つも付けられようもんなら最初は誰だって頭が真っ白になってしまうし、一ノ瀬さんみたいに明らかに大人しめの相手だと理屈《りくつ》っぽい嫌《いや》な客にとっても乱暴な嫌な客にとっても恰好の的だろう。

コツなんだりを徹底的《てってぃてき》に教え込んだりすりゃあ良いんだろうけど、実際そんなこと繰《く》り返しても経験が無いと考えてた事なんて全部頭から吹っ飛んじゃうし、結局〝慣れ〟なんだよな。

というわけで始まる接客ロールプレイング。一ノ瀬さんにはレジに付いてもらい、俺がお呼びじゃないタイプの客を演じて一ノ瀬さんに難癖を付けるという寸劇。入り口から真《ま》っ直ぐ向かって、ずっと目を合わせてくる一ノ瀬さんのとこにちょっと鋭《するど》い目をして向かう。ずっと見られてたらお客さん落ち着かないんじゃねぇかな一ノ瀬さん……。

レジ前に立ち、ちょっと睨《にら》み返し気味な一ノ瀬さんを見下ろす。

「おい、ここ雑誌置いてねぇの」

「……っ……お、置いてないですっ」

「は？　何で置いてねぇんだよ」

「な、なんでって……」

こんな客が来たなら親指を下に向けながらマイクごしに『表の看板見て出直せや』とデスボイスで叫《さけ》び倒《たお》したいところ。でも立場上、そういった揚《あ》げ足《あし》取りは逆に余計なトラブルを招く。ここは素直に頭を下げつつ『すみません、当店では扱ってないんです』と言うことができれば舌打ち程度で済ませてくれるケースが多い。それでも店員側に遺恨《いこん》が残ってしまうのは社会が悪いからだ。ボタン一つでレジ前の床《ゆか》が抜けてローションプールに落とせる法案できねぇかな。

クソみたいな考えは置いといて……受け答えの常套句《じょうとうく》ならまだしも一ノ瀬さんは客にマウントをとってはならない事を知ってるはず。

「てっ……店長にきいてきます！」

そう言ってパタパタと裏へ走って行く一ノ瀬さん。なるほど、その方法もアリだな。でも商品に関する質問は結構多いし、このくらいは従業員レベルで済ませられないと爺さんが負担に感じるだろうな。慣れてきたらで良いから、いつかはできるようになってほしいと思う。

一ノ瀬さんには後で——あれ、一ノ瀬さん？　一ノ瀬さんどこまで行った⁉　ほんとに爺さんとこまで行かなくて良いのよ⁉

◆

火中に飛び込むように裏へ行き、一ノ瀬さんに頭を下げられ鬼瓦《おにがわら》の一歩手前みたいな顔になってた爺さんのもとに滑《すべ》り込み説明。ただの練習である事をわかってくれて苦笑いを返された。『良くできてるじゃないか』と爺さんから孫娘《まごむすめ》のように頭をポンポンされる一ノ瀬さんは少し恥ずかしそうだったけど口元は綻《ほころ》んでいた。ちなみに良くできてはいない。

「まあ、他所《よそ》の店じゃそれも正解なのかもしんないけど爺さんあんた報告受けたら絶対すぐ怒鳴《どな》ってたでしょ。

「は、はい……」

一ノ瀬さんを表に連れ戻《もど》して練習の続きをする。初めてだし、特に叱《しか》ることも無く無難な応対を教えた。レジカウンターにメモを置いて丁寧に書き込んでいる。あら、一ノ瀬さん結構まるい文字書くのね……活字慣れしてるっぽいから少し意外だわ。

「こ、これがアルバイトですか……！」

レジカウンターで見てくれてた笹木さんがキラッキラな目でこっちを見ている。あれ、アルバイト経験ないの？　って考えて一秒後に実年齢《じつねんれい》を思い出した。ダメだ、印象とかよりも〝女子大生〟って言葉が強すぎる。俺がそうあってほしいと望んでるからなのか……。

〝女子大生〟……それは既《すで》にパワーワード。最終進化形。

笹木さんの屈託《くったく》の無い微笑みと眼差しが俺を溶《と》かし殺しに来てる。溶かし殺すって何気に一番残酷《ざんこく》じゃね？

「じゃ、次は笹木さん。いろんなパターン試《ため》したいから、厄介《やっかい》なお客さんの役頼《たの》めるかな？」

「えっ……⁉　や、厄介なお客さん……ですか？」

「可愛《かわ》――そう、厄介なお客さん」

慌てる様子の笹木さんにお願いする。焦《あせ》る様子に思わず本音がこぼれそうになった。

あ、慌てた拍子《ひょうし》に年相応な一面をチラ見せだと……やりやがる。夏川《なつかわ》以外に俺の溢れんばかりの感情表現レーダーの制御《せいぎょ》を乱れさせたのは君が初めてだ。くそぅ……ほんとに女子大生ならある程度甘《あま》えられたのにッ……‼　くそぅ……。

「あー……難しいなら――」

「い、いえっ！　やりますっ、これも社会勉強ですっ」

「え……そう？」

無理にやってもらう必要も無いかと思ったら案外やる気になってくれたらしい。笹木さんが胸の前で小さく拳《こぶし》を握《にぎ》る姿からは『お姉さん頑張っちゃうっ』なんてセリフが今にも聴こえて来そうだった。頑張ってお姉さんっ……！

笹木さんはふんすと息を吐くと店の外に出て行く。すげぇ、走る姿見ると一気に中学生っぽさ感じた。やっぱ若いって身軽なんだな。背中ごしで良かった。正面から見てたら暴力的な位置エネルギーに翻弄《ほんろう》される存在《もの》に眼球持ってかれてたわ。笹木さんが女子校出身で良かったと思う。切に。

「………いいな………」

「………」

レジカウンタの奥《おく》に立つ一ノ瀬さんからボソッと何かが聞こえた気がする。思わずバッと振り向いて凝視《ぎょうし》しそうになったけどやめておいた。聞いたらわかる、無意識のやつやん。なるべく一ノ瀬さんの方を向かないようにしてレジ側の隅《すみ》っこに移動した。やっとこさ一ノ瀬さんの方を向いて見ると、それはもう耳の先まで真っ赤になってる一ノ瀬さんが口を両手で押《お》さえてぷるぷる震《ふる》えていた。まだだッ……まだ頑張れるよ一ノ瀬さん！　期待してるから！　まだ伸《の》び代あるよ！

「い、行きますよっ」

入り口の側に立つ笹木さんの声を合図に『お願いしまーす』と告げる。それを皮切りに一ノ瀬さんもぴっと姿勢を正して前を向いた。耳は赤い。そんな感情入り混じる一ノ瀬さんのもとへ、笹木さんが悠々《ゆうゆう》と歩き出す。

「おうおうおうー、こらぁー、このやろぉー」

お待ちなさいお嬢さん。

◆

色んな意味で怯《おび》えた一ノ瀬さんが何とか笹木さんの応対をやり遂《と》げた。ていうか笹木さんの方がやり遂げた感が強かった。まぁ、ただ口調と歩き方が荒《あら》いだけの普通《ふつう》のお客さんだったけど。お釣《つ》りもらった時に『あ、ありがとなっ』つって勇ましい口調で小銭《こぜに》握《にぎ》った手を胸に埋《うず》めるとこを一ノ瀬さんに見せつけた時はどうしようかと思った。一ノ瀬さんのライフはもうゼロです。うん、合格。

「お、思ったりより恥ずかしいですねっ」

でしょうね。

手をうちわ代わりにして煽《あお》ぐ姿はやっぱり大学生のお姉さんのようにしか見えない。きっと体験入学の時の姿は幻《まぼろし》だったんだろう。やっぱり俺も笹木さんもあの時から疲《つか》れてんだよ。笹木さん受験生だし、俺は――うん、夏で暑いし。ゴーヤチャンプル嫌いだし。

もともと笹木さんは俺に用が有って来たみたいだけど、前と同じように気分転換《てんかん》の意味もあったみたいだ。ほんとにお客さんになって二冊買ってから帰った。去り際《ぎわ》に『また来ますね』と小さく振られた手は風に揺蕩《たゆた》うスズランのようだった。姉貴とチェンジで。

「……すごかったな」

「……」

思わずこぼれちゃった感想。一ノ瀬さんは返事しなかったけどそれで良い、これは独り言なんです。何が凄《すご》かったってマジで笹木さん以外にお客さんが来なかったこと。まぁまだ週末前だもんな、平日に買い物するなら前半に済ますし、基本は土日ばっかだから。

「一ノ瀬さん、俺、夏休みでここ辞《や》めるけど笹木さんが来たら頼んだよ」

「え……!?」

何気なしに言うと小さく驚《おどろ》く声が聞こえた。見ると『マジかよ』って顔してた。え、まさか……笹木さんが嫌《いや》……？　何でだよ、優しいお姉さんじゃ——そうだ年下だったわ。女子大生風の女子大せ——あれ？

結局一ノ瀬さん的に笹木さんはどうだったんだろう。端《はた》から見ていて思ったけど笹木さんって意外とグイグイ系だし。俺がウェルカム過ぎて今まで全然気付いてなかったわ。苦手に思ってなきゃ良いけど。てか、ここ辞めたらもう笹木さんと会う機会無《ね》ぇなぁ……。

「や……やめるんですか」

「あれ……知らなかった？」

辞めるからこその新しいバイト募集《ぼしゅう》だったんだけどな……。爺さんとの面接で聞かなかったんかな……あの時の爺さん嬉《うれ》しさで突《つ》き抜けてたし、説明のし忘れがポロポロ有っても全然おかしくねぇな。ていうか爺さん、マスコット的なバイト店員に女子大生風のＪＣを固定客に持つとか商売戦略大成功かよ。

「まぁ見ての通り、このお店にバイト二人も要《い》らないからね。店長が若けりゃバイトも要らなかったのかもしんないけど」

「……………」

主に腰《こし》にクる作業を代わりにするために入ったし。もちろん接客が何より大事だけど、ほんとはダンボール持ち上げたりとか高いとこの整理とか掃除《そうじ》とか、そっちをカバーして欲しいんだよな。まあ老後の趣味《しゅみ》って言ってたから別に良いのかもしんないけど。少なくとも一ノ瀬さんは守ってくれるだろうよ。

「まぁ話聞いちゃったしな。一ノ瀬さんの目的に適《かな》うかは分かんないけど、それまでは先《せん》輩《ぱい》やらせてもらうわ」

「……っ………」

「あっ」

しまった。流れであまり触《ふ》れるべきじゃないこと言っちゃったかもしれない。一ノ瀬さんビクってしちゃったし。気になってる事ってつい考え過ぎちゃうよな。たぶんクマさん先輩は今日も由梨《ゆり》ちゃん先輩と――ぐっは……俺がダメージ受けたわ。あの二人の前じゃ死んだフリしなくても気付かれなさそうだ。

「……はい……聞いてくれてありがとうございます」

「あ、うん……ん？」

先輩として教える事じゃなくて、志望動機を含めて話を聞いた事にありがとうって言ったのかな……むしろ聞いちゃって良かったのって感じだけど。

一ノ瀬さんは何かが目に付いたのか、レジを離《はな》れて棚《たな》整理を始めた。昨日に引き続き改めて業務内容の説明をしたけど、もしかすると接客以外は結構優秀《ゆうしゅう》なのかもしれない。ここまで切にやりがいを感じてほしいと思うこともそうそう無《ね》ぇよな。

「……もうすぐ上がる時間か」

時計の針はもう正午を示している。爺さんは休憩《きゅうけい》だけじゃなくて勤務時間にも厳しいからもうすぐ表に出て来るだろう。

その時が来るまで、一ノ瀬さんは淡々と手を動かしていた。

◆

バイトの帰り道。茹《う》だるような暑さの中で考える。

俺は夏休みいっぱいでここを辞める。そうなると一ノ瀬さんとはきっとまた疎遠《そえん》になるだろう。だとしても、完全に他人事《ひとごと》だったとしても悩《なや》みを聞いてしまったからには気になってしまうのが人の性《さが》。でも気になったところで肝心《かんじん》の悩みは一ノ瀬さんの身内事情だし、首を突っ込むつもりもないから興味本位なだけなのかもしれない。俺、バイトの先輩ってだけだし。そもそも聞いちゃって良かったの？

一ノ瀬さんはどうして家庭のデリケートな事情を俺に話したのか。今までほとんど話して来なかった仲だし、何なら俺は初日から冷たい言葉を浴びせた嫌な奴《やつ》なんじゃねぇのと。

そう考えると、たった一つだけポッと答えが出て来た。一ノ瀬さんを知っていれば意外と簡単に思い付いた。

〝話せる人が他に居ないから〟。

ホロリと涙《なみだ》が出そうになった。今までも何度か思ってたけど……まぁ失礼な発想だとは思うわ。完全に上から目線になってるっていうか。でも我ながらそう思うのも仕方がないと思う。一ノ瀬さん、学校じゃ誰《だれ》かと喋《しゃべ》ってるとこほとんど見ないし。それについて悩みが無いなんて事は無いだろうよ。

それも含め、一ノ瀬さんは精神的に独立する事でいっぱいいっぱいになってたんじゃないかと思う。たった一人で居ても〝つらい〟と思わなくなるくらい強くなるために。毛程《けほど》も気心の知れた仲じゃない俺にそれを話したのもその一環《いっかん》だったりしてな。

ここからはもっと憶測《おくそく》。一ノ瀬さんはそうしないと、いずれ何かが溢れてしまった。言わば自分を守るため、俺に自分の事情を明かしたんじゃないかと。親に話せば兄に不都合が行くかもしれないし、爺さんに話したとして共感してくれるとは思えない。奥さんはご高説さながらに否定的な言葉をぶつけて来そうだ。そこに一ノ瀬さんにとって仲の良い女子でも居たら……たぶん俺は一ノ瀬さんの事情を聞くことなんてなかっただろうな。

「何か期待でもされてんのかね……」

自販機《じはんき》の傍《そば》で、炭酸ジュース片手に呟《つぶや》く。やだ、俺ってば何かの主人公？　そんなはずはねぇ……それならもっとイケメンで女子にモテてるはずだし、きっとスポーツとか抜群《ばつぐん》にできるはず。もちろん姉貴だって超優しくて……てかそもそも姉じゃなくてブラコンの妹が居るはず……あれれ？　何だか心当たりが有るぞ？

俺じゃなくて佐々木《あいつ》が聞いてたら何かしてやってたのかね……俺にはバイトの先輩やるくらいしかできなさそうだ。一般的《いっぱんてき》な、そう、ただ当たり前の事をただ教えるだけ。それだけで結構疲れるし、何より俺の身《み》の丈《たけ》がそんくらいだ。マジ短小。

「あ、あれ……？」

思ったより長いこと考えていたらしい。口に運んだジュースにはもう清涼《せいりょう》感は無かった。THE・甘《あま》い汁《しる》。佐々木《あいつ》なら炭酸も抜けないのかもしれない。

バイトも終わって、シャワーを浴びた後の気持ち良い心地《ここち》のまま飯食ってゲームして昼《ひる》寝《ね》してからキッチンで牛乳を飲みつつ今日の顛末《てんまつ》を夏川《なつかわ》と芦田《あしだ》にどう説明しようか考えてると、ポケットに入れていたスマホがブルブルと震えた。

【えっと、アルバイト終わった？】

やだ早い。

我《わ》が女神《めがみ》、夏川様……今日ほど貴女様《あなたさま》からのご連絡《れんらく》に焦燥《しょうそう》感を覚えた事はございません。一ノ瀬《いちのせ》さんに土下座させてしまった件もそうだったけど、今回も今回でどう説明すりゃいいのかわかんねぇよ……。

いや待て落ち着け。夏川からの罰《ばつ》はアレだろ？　一ノ瀬さんが何であそこまでしてアルバイトを続けようとしたか訊《き》くってだけだろ？　別に何も詳細《しょうさい》まで話す必要はないじゃんか。あんな内容のこと女子と話しても気まずいだけだし。何か自立しなくちゃいけないただならぬ理由があったらしいで良いじゃんか。

【拝啓《はいけい》、夏川様。立秋とは名ばかりの厳しい暑さが続いておりますがいかがお過ごしでしょうか。平素はひとかたならぬご愛顧《あいこ》を賜《たまわ》り、感謝の念に堪《た》えません】

【何よその挨拶】

しまったッ……まだ連絡して来ないでほしいというささやかな望みと夏川とやり取りが出来た事の半端《はんぱ》ない嬉しさ、そして有り余る尊敬心が相反《あいはん》してつい反射的に時候の挨拶をしてしまったッ……！

やっべ、ちょっと瞬《まばた》きしてたらすぐコレだわ。ひとかたならぬご愛顧とか別に賜ってねえし。生まれて来てくれただけでマジ感謝だし。神様あんがとっ、マジ神。

【いやほら、ちょっと背伸《せの》びしてみたくなったっつーか？　猛暑《もうしょ》やべーじゃん？】

【……あんまり無理するんじゃないわよ】

あ、あれ、優しい……おかしいな、もうちょいツンとした感じに何か言われると思ってた。夏川またちょっとお姉さん力《りょく》上がったんじゃね？　さては夏休みを良い事に愛莉《あいり》ちゃんを使ってパワーレベリングしたか。そろそろ新しい技覚えんじゃね？　ぜったいれいど？

一撃《いちげき》必殺じゃない……。

【そっちこそ愛莉ちゃんと遊ぶの頑張《がんば》り過ぎてへばらないようにな、お姉ちゃん】

………………。

「…………あれ？」

その、何か反応とか……え、引かれた？　ドン引きされちゃった感じ？　いやそんなはずはない。はは、どうやら俺の弟としてプロの部分が出てしまったみたいだな……俺くらいのレベルになりゃあ一瞬《いっしゅん》本当にこいつ弟なんじゃねぇかと錯覚《さっかく》させるくらいワケないのさっ。だから決して夏川は引いてるわけじゃない、そう信じてる。そうあって。お願い。泣く。

【お姉ちゃんは、その、やめて】

【あ、はい】

ガチやんけ。

いやほら、夏川が愛莉ちゃん大好きシスターコンプレックスであるように、俺も血の繋《つな》がった楓《かえで》ちゃんと数奇《すうき》な運命たどってるから。コンプレックスだから。肉まん無尽蔵《むじんぞう》に食って体重計の上で苦い顔してるとことかマジ大好き。日頃《ひごろ》ヘソ丸出しで寝転《ねころ》がってるくせに雷《かみなり》鳴ってるときだけ完全防備なとことかもうほんとにハッハッハ爆笑《ばくわら》。

「──なに、あんた居たの？　コーヒー入れてよ冷たいやつ。8《はち》・2《にー》くらいでミルクね。砂糖は小さじ1杯《ぱい》、キャラメルパウダーも宜《よろ》しく」

「一分くれます？」

「そんなかかんの」

「ただちにとりかからせていただきます」

あれ、気が付いたら敬語に。

◆

改めて整理すると、俺《おれ》には罰があるわけだ。

罰の内容は、バイト先で土下座させてしまった一ノ瀬さんの事情を聞き出す事。聞き出すっていうか、要《よう》は一ノ瀬さんの事情に理解を示してから帰って来いって感じなんだろ、多分。自分に何の得も無いのに、夏川は俺の都合を優先してくれたわけだ。何なの女神なの？　そんな事されたら惚《ほ》れてまうやろ。そうぃや惚れてたわ……。

夏川にお姉ちゃん呼びはＮＧだったらしい。非常に残念に思う。非常に。

【ごめん、姉貴にパシられて返せなかった】

【あ、渉《わたる》のお姉さん？】

【不本意ながら】

【そんな事言わないのっ】

のっ。可愛い。

俺の部屋。落ち着いてからメッセージを返すと、夏川は待ってくれていたのか直ぐに返事をしてくれた。逆に俺は緊張《きんちょう》して言葉が思《おも》い浮《う》かばない。夏川と二人でやり取りしているという現実につい打ち震えてしまう。嬉しいよぉっ……嬉しいよぉっ……！

【あんたが余計なこと言うからじゃないの……？】

【や、何も言ってないって】

頭が馬鹿《ばか》になる。やっぱ夏川みたいな可愛い子と話すのってこういったメッセージ上の方が楽しいな。会話しながら遠慮《えんりょ》なく気持ち悪い顔できる。直接対面してると緊張どころか頭真っ白になるから。でゅふふ。

【それで、どうだったの？】

【バイトの事な。聞いたよ。えっと、何か自立したいとか何とかで……】

【……そんなに大変なの？　その子】

大変っていうか……それを夏川とか芦田みたいな女子相手に説明するってなるとどうしようかって感じ。一ノ瀬さんも大変っぽいけど今の俺も大変。だってあんなに重いと思わないじゃない……兄離《ばな》れを頑張ってしようとする子とか初めて会ったよ……。

【や、別に複雑な家庭事情とかじゃなくて……自立っていうのはその、あの子の向上心的

な？】

【それ本当なの？　よっぽどの事情じゃないと自立したいなんて思わないと思うけど。私たちと同い年で大人しい子なのよね？】

【あー、まぁ、うん。そうなんだけど】

【何かあるの……？】

とにもかくにも何とか誤魔化《ごまか》しつつ伝えたい。そうじゃないと百パー気まずい空気になるじゃんか。だって相手は前に告ってる夏川だぜ？　好きとか嫌《きら》いとかの話全般《ぜんぱん》は夏川とするもんじゃねぇだろ。せめて間に芦田を挟《はさ》みたい。次がもう最後の切り札だし、これで切り抜けるしかない。

【その、お兄さんが居るらしくてさ。兄離れのために自立したいって事らしいんだよ】

【兄、離れ……？　へぇ、え？　どういうこと？】

理解してくれない……だと？　え、足りない？　兄離れだよ？　高校一年でお兄ちゃん大好きってのが悩みとは思わないもんかね。あれか、愛莉ちゃんが大好きすぎて動揺《どうよう》しちまったか。そうなのか。

これが嘘《うそ》をついてない、かつ無難な説明なんだよな。そうだ、ここは想像しやすいように、有りがちな兄弟姉妹を例にしよう。

【いやほら、兄弟だろうと姉妹だろうと大体お互《たが》いにうざいとか思うじゃんか】

【そうは思わないけど】

【あ、そう……】

まぁ夏川はな……年の差とかあるし。あんなに小さな妹がいたらそら可愛いだろうよ。これが年子だったらまた違《ちが》ったとは思う。

俺と姉貴は今こそ別にって感じだけどちょっと前まで割と酷《ひど》い方だったっていうか……え、もしかして俺らだけだったりすんの？　世間の中学生くらいの兄弟姉妹ってそんなにお互い大好きなん？　そんなに世の中ラブ&ピースだったっけ？　割と俺デッドオアアライブだったんだけど。サバイバーなんだけど。

【えっと、例えばの話だよ？　夏川が愛莉ちゃんに構《かま》いすぎてウザがられました】

【ちょっと何言ってるかわかんない】

【あ、そう？】

あ、あれ……？　説明の仕方悪かったかな……そんな人にもの教えるの下手じゃないくらいには思ってたんだけど。え、もしかして俺説明すんの下手くそなの？　もしかして一ノ瀬さんも俺の教え方が下手くそ過ぎて辟易《へきえき》してたとか？　え……ち、違うよね？　ただちょっと夏川が愛莉ちゃんの事を大切に思い過ぎてるだけだよね？

【愛莉にそんな日は一生来ないと思うの】

【お、おお！　そうだよな！　いくつになろうと愛莉ちゃんはお姉ちゃん大好きだもんな！】

………。

………ん？　えっと、既読《きどく》は付いたけど――。

【お姉ちゃんはやめて】

【あ、わり】

そうだった……え？　そんなキモい？　今のは結構会話の流れでだったと思うんだけど……。

……いや、まぁキモいもんはキモいんだろ。冷静に考えよう、俺に〝お姉ちゃん♪〟ってあざとく言われたとして……成《な》る程《ほど》。これはあざとさじゃねぇな、テロだテロ。感動する系の映画見終わって館内から出て余韻《よいん》に浸《ひた》ってる連中に向かって仕掛《しか》けてみたい。一発でいつもの日常以下に引きずり下ろしてやれそうだ。

【オッケーわかった、別のたとえにするわ。愛莉ちゃんが十年後くらいに彼氏《かれし》を連れて来たとして】

【は？】

ひぃんっ。

な、夏川さん……？　何がとは言わんけどひゅってなったよ？　ちょっと怖《こわ》いかなっていうか……え、シスコンってもしかしてそういうレベル？　あれってほとんど芦田の冗談《じょうだん》じゃなかったの？

いや、だって普通に俺に愛莉ちゃん抱《だ》っことかさせてくれたじゃんか……ガチのシスコンなら普《ふ》通《つう》許さなくない？　俺が愛莉ちゃんの兄貴だったら小学校から大学まで女子しか居ないとこに通わせるくらいシスコンだったと思う。ましてや俺みたいなどこの馬の骨だかわからない野《や》郎《ろう》に触《さわ》られてたらなんてお前っ……！　その部分薬用石鹸《せっけん》でゴシゴシさせるわ。

【愛莉が……何て？】

【あ、えっとっすね】

【うん何？】

いや怖いな。怖い、怖いなーうん。何だろうなこの切り返しの速さ。言外の圧感じるわ。押し潰《つぶ》されそうな——いや待てよ？　夏川からの圧……それはつまり夏川を超《ちょう》感じてるという事では？

いや馬鹿落ち着け。勢いに身を任せるのはやめよう。それで良い方に転んだ事なんてほとんど無いし。また夏川に不快な思いをさせるかもしれないだろ。それだけは避《さ》けたい。

ここは冷静に、夏川の機嫌《きげん》をなんとか取りつつ——。

【な、夏川さん……？　怒《おこ》ってます？】

【怒ってないわよ別に。それで？　なに？　続けて？】

それ続けて欲しい感じじゃなくね……？

いや、もう俺が悪かったからやめよう。心苦しいけど——マジで断腸の思いだけどいったんここで会話をぶった切ろう。一回また昼寝とか挟んじゃって、何なら芦田が部活を終えたくらいに続きを話そうぜ。あいつの事だから良い感じにフォローを——

【ねぇ、続けて？】

【うす】

夏川が寝《ね》かしてくれない。良い、この響《ひび》き。感動した。

【えっと……あいや、だから、将来的に愛莉ちゃんが彼氏を連れて来たとして】

【年収は？】

【年しゅ……え？】

ね、年収っすか？　そこ気にしちゃう？　十年後って事は愛莉ちゃんが十五歳《さい》だから、彼氏を連れて来たとしても多分まだ学生だよな……。〝年収〟って言葉はちょっと……。

いや待て、夏川だぞ？　もちろんその辺も加味した上で訊いたに決まってんだろ馬鹿か佐城《さじょう》てめー。きっと夏川なりに愛莉ちゃんの幸せを願ってるんだ、そんな当たり前の事に気付かないでどうするんだっ……！　浅い考えで決めつけるのはやめよう！

えーっと……？　彼氏連れて来るならたぶん歳はプラマイ二つくらいだろ？　バイトなんてやらない奴の方が多いだろうし、とりあえず無しとして……えっと、お年玉がまぁ低くて親から一万以上として小遣《こづか》いは月五千円として——……そしたら——や、お年玉辺りはもうちょっと盛っとくか。そうじゃないと話が進まねぇや。いや進めたくねぇのが本音なんだけど。

【えと、じゃあ十万くらい……？】

【十万ドルね。まぁそれなら別に】

えっ、ちょっ、あの。

10章　デリカシーと対策と私

「ほら、起きなよ」

「んぁ……………？」

目を開けると部屋がオレンジ色に染まっていた。そのまま視線を彷徨《さまよ》わせると、時計の針はそろそろ夕方の時間すら終えようとしていた。夏の夕日が差し込んでいるのに部屋は涼《すず》しい。エアコンをつけっぱなしだったみたいだ。テレビはゲーム画面のまま。途中《とちゅう》で眠《ねむ》くなって無意識の内にベッドに寝そべって眠ったらしい。見下ろしてくる逆光の影《かげ》は呆《あき》れた目をしていた。

「………あねき？　おかえりぃ」

「なに寝ぼけてんの、今日家に居たから」

「………あー、そっか」

「ご飯。できたってよ」

「うぃ～す……」

今は昔、佐城渉《さじようわたる》といふものありけり。まだ金髪《きんぱつ》の姉貴に揺《ゆ》すり起こされ、眠い眠いと駄々《だだ》をこねていたら胸倉《むなぐら》から引き起こされたのが齢《よわい》十四の頃《ころ》である。あれ以来、姉貴の声は俺にとって最強の目覚ましになった。ぱっちり目を開けられずとも、頭の隅々《すみずみ》で信号の送受信がフル稼働《かどう》する。文字通りスリープモード。【Sajo1234】とパスを打ち込めば直ぐに立ち上がる。それでも寝ぼけてしまうのはそもそものスペックの問題。マジXP。

「………」

「……え？　おいちょっ、俺のスマホ！」

ふと顔を上げると姉貴が俺のスマホを握ってた。チラッと画面に目を向けては訝《いぶか》しげな目で俺を見て来る。水が浸透《しんとう》していくようにジワリとその重大性に気付くと、特にやましい事は無いのに慌《あわ》ててそれを奪《うば》い取ってしまった。そもそもロック解除できないはず。

「あ、いや別に変なのはなくて――」

「ヘマはしないようにね」

「あえ？」

忠告っぽいことを言って姉貴は部屋を出て行く。よく考えれば姉貴が避けもせず俺からスマホを取られた事に違和感《いわかん》を覚えた。そもそも興味なかっただけかもだけど。去年の初めくらいから丸くなったよなぁ姉貴。

……いや待て。〝ヘマはしないように〟？　ちょっとそれどういう事ですかね……嫌な予感プンプンするんだけど。まさかほんとはロック解除してスマホの中を見られてた？　え、ヤバくね？　今の時代、いかがわしいもんはネットだろと匂《にお》わせといて実はブツを部屋に隠《かく》し持ってんじゃねと裏をかかれることを見越《みこ》し、その裏をかいてやっぱりネットでうへへへしてたのがバレたというのか⁉

慌ててスマホを確認《かくにん》。

「――――ひぇ」

ロック画面に大量のメッセージ通知。しかもこのスマホの仕様か、その画面のまま上下にフリックすれば未読状態のまま全《すべ》て確認できちゃう優《すぐ》れもの。既読付けずに内容確認できちゃうね！　ははっ、くそ仕様。

【愛《あい》ちぃっ！　会いたかったよぉッ……!!　ハスハス(//∇//)】

【もうっ……圭《けい》ったら、変なこと言わないでよ！(*´`)】

芦田《あしだ》アッ!!　テメーよりにもよってこのタイミングになんて登場してやがる！

(マジ最高！　ありがとうございます！)

姉貴に見られたじゃねぇか……『え、うちの弟どういうのとつるんでんの』とか絶対思われたじゃねぇかどうしてくれんだこの女《アマ》。もっとお願いします。

おかしい……寝起《ねお》きだからか知んないけど上手《うま》いこと怒りが湧《わ》いて来ない……心のどこかで悦《よろこ》びを覚えてる俺が居る。頭の中で二人がめっちゃいちゃいちゃしてる情景が浮かぶんだけど前に学校でそれに近いの見ちゃったからより鮮明《せんめい》っていうか何ていうかご馳走様《ちそうさま》です。

「飯できたっつってんでしょ！」

「うぃーす直ぐ行きまぁっすッ！」

超《ちよう》目ぇ覚めた。

◆

【ちょっと時間ちょうだい】

十万ドル事件の後、夏川《なつかわ》はそう言って返事を寄越《よこ》さなくなった。超絶《ちようぜつ》何かを間違《まちが》ってる気がしたけど俺的には頭ん中を整える時間が欲《ほ》しかったりしたから結果オーライな気がしない事もない。結果的にゲームして寝たんだけど。

【ねぇその、ちょっと取り乱しちゃったっていうか……】

そう言葉が返されたのは一時間後。寧《むし》ろ将来の愛莉《あいり》ちゃんの彼氏について一時間も何を考えてたのか知りたい。ていうか夏川をもっと知りたい。ちなみに十万ドル稼《かせ》いでる高校生は日本に居ない事も無いらしい。今の時代、名前が売れれば広告収入で年間一千万円行くとか行かないとか。SNSとか動画サイトとか活用できる子って凄いのね。タピオカミルクティー何杯《なんばい》飲めんだよ。日常的にマカロン食えんじゃん。やべぇ思考がマジJK。

「───食った……えふっ」

飯のついでに未読メッセージも最後まで消化する。中盤《ちゅうばん》で芦田の欲求を満たして行くような興奮に対して、照れる夏川のやり取りを現世を見下ろし観賞《かんしょう》する神のごとく愉《たの》しむと、最後の方でやっぱり俺のバイト先の話になってる事に気付いた。

【さじょっち、泣かせてないよねぇ？】

【さすがに……でも渉って大人しい子とあんまり話すイメージ無いから……】

【デリカシー無いこと言ってんだろーなー】

いやいや泣かせてないから、昨日ならまだしも今日は泣かせてないから、そこんとこ重要。まぁ笑わせてもいないけど。え、てかこういうのって本人の居ないグループとかで話すんじゃないの？　すげぇ普通にダメ出しされてんじゃん。

【デリカシーは……うん】

うわあああああああッ!!　芦田てめぇえええええ!!

オブラートに包んだようで包めてねぇしッ！　ど真ん中ストレートで土手っ腹抉《えぐ》り込んで来てんですけど！　姉貴のコブラツイストくらうよりつらいわ！

【愛ちが言うんなら間違いないねっ！　さじょっちは……あれ？　もしかしてさじょっち見てる？　既読が】

【え？】

【は？　何も見てないけど？】

【見てんじゃん！】

【いやマジマジ何も見てねーから。女子同士の会話に割り込まない程度にはデリカシーあるし？　何なら同学年の思い悩んでる女子に力貸しちゃってる系男子だから。まぁ年収十万ドルすら稼げず親に養われっぱの落ち目な奴だけど？　これからも宜しくね？】

【うわ面倒《めんどう》くさっ】

【あ、あれはだからっ……！】

【あっと、芦田さんどうせまだ夏休みの課題は終わってなさげだよねー。勉強の邪魔《じゃま》してほんとごめんねー】

【うわ何それ！　ムカつく！】

気が付いたら自分の部屋のど真ん中で必死にスマホをフリックしてた。そりゃそうだ、不意にあんだけ言われてムキにならずには居られない。てゆーか事実無根だし？　そう、俺は紳士《しんし》。デリカシーが無かったら芦田に便乗して俺も夏川にハスハスしてたはず。ま、まぁ確かに？　ちょっと前の俺なら何の抵抗《ていこう》も無くやっちゃって――――ぐっは……自分で考えててダメージが……キモがられるんだろうなー。

【な、何か渉が弟っぽい……】

【むぐっ………そ、そうだよね！　さじょっちこの前ジュース奢《おご》ってくれたし！　女の子の扱《あつか》い方《かた》よく解ってるよねー！】

【すまん、落ち着いた。なんかゴメンな。お世辞サンキュ、もういいよ。満足】

【何なのこの男！】

いやー萎《な》えたわ。まるで賢者《けんじゃ》モード――――んんっ、ゾーンに入った感じ？　俺の黒歴史の破壊力《はかいりょく》よ。案外鏡で自分の顔見るだけで効果あったりして。急に冷静になれるもんだな。凄い、何か今めっちゃ思考したい気分。存在もしない闇《やみ》の組織の事とか考えられそう。

「ハァ……んぐっ」

深呼吸。ゲップ。

気を取り直して。二人にフォローを入れて話を進める。そっからはお疲《つか》れだの何だの言ってて話はバイトの話にシフト。さっきまで色々と頭の中がごちゃごちゃだったけど、やっぱり昼寝と食事が良かったのか色々と考えられた。

【それで、結局どうだったのあの子？】

【超大好きなお兄さんに彼女《かのじょ》できたんだと。だから兄離れするしかないって、〝自立〟って名目でバイト始めたから簡単に引き下がるわけにはいかなかったんだとよ】

【へぇー……よく話してくれたねー、その子】

【あ、だから私に愛莉の話を……】

【さじょっち……たとえのチョイス間違っちゃったね】

薄々《うすうす》気付いてたよ。

【んー、大好きなお兄ちゃんに彼女かぁ】

【あ、愛莉に彼氏……】

【二人とも兄貴居ないもんな】

ポン、と二人は一言ずつ感想を残してしばらく黙《だま》っていた。一人だけ間違ってる気がするけど、それなりに〝バイト先の子〟の心情を理解しようとしてくれてるのかもしれない。さり気なく自分の立場に置き換《か》えて考えるあたり、夏川からは成績優秀たるポテンシャルの高さを感じる。間違ってるけど。

【さじょっちがお姉ちゃん取られるのと同じだよね？】

【いや？】

【そこは同じって言っときなさいよ……】

寧ろ誰か早く面倒見てくれ、いちゃいちゃしたいならちゃんと空気読んで外出するから。そういったものとは別に何だろ、生徒会のイケメン連中侍《はべ》らせてるくせに妙《みょう》に結婚《けっこん》できない感出てるからちょっと心配な部分あんだよな。俺的ランキング第二位。一位は……誰とは言わんけど風紀委員長。

【そっかぁ、じゃあさじょっちじゃ分かってやれないね】

【や、分かるよ？　デリカシーあるし？】

【ゴメンってば】

【拗《す》ねてる……】

現に手の平を返すように一ノ瀬《いちのせ》さんに優《やさ》しくしちゃってるし。あの話聞いてから急に庇《ひ》護《ご》欲湧いてくんだもん。それまで〝何だこの面倒くさい子〟って感じだったのに今じゃ積極的に世話焼いちゃってる感じだから。逆に他に選択肢《せんたくし》ある？　精神的ＮＴＲされてんだぜ？　もう全面的に味方するしかねぇじゃん。

【でもお兄ちゃん彼女に取られたからって……（笑）　可愛《かわい》いねその子】

【ちょっと、そんな笑い事でもないんじゃない？】

【そぉ？　なーんか、サクッとバイト辞《や》めてお兄ちゃんと仲直りすればって思っちゃう】

【現場を見ちゃったとしてもか？】

【現場……え？　現場？　現場って………あの現場⁉】

【げ、現場……】

察した二人が顔赤くしてる姿が目に浮かぶ……ふひひ、駄目《だめ》だ妄想《もうそう》しちゃう。落ち着け、〝現場〟っつってても実際一ノ瀬さんが見たのは濃厚《のうこう》なアレだ。濃厚な——いやこっちの破壊力も十分やべぇや。別に悪くないのにクマさん先輩が憎《にく》たらしくなってきた。俺にも包容力的なもんがあればっ……体重か⁉　太ってデカくなりゃ良いのか⁉

【……よく考えたらお兄ちゃん離れのために土下座してんだもんね】

【う、うん】

【愛ち、そんなこと愛《あい》ちゃんから思われたら………】

【やめて！　言わないで！　私生きていけない！】

【……ゴメンさじょっち】

【何で俺にフォローさせる気満々なの？】

夏川のシスコンぶりは再認識《さいにんしき》したから迂闊《うかつ》に愛莉ちゃんの名前を出すのやめろ。夏川は生きてください、俺が死にます。

ともあれ、これでわかったのは想像だとしても一ノ瀬さんの立場になって考えるのは難しいって事だ。大好きな兄貴ってのがポイントなんだろうけど、夏川と愛莉ちゃんの関係はなんか違う気がする……夏川は『絶対守ってやる！』って感じ。一ノ瀬さんのはどっちかと言うと……『包まれて温《ぬく》もりを感じたい』って感じ？　おい何だよそれ同棲《どうせい》を控《ひか》えた付き合って一年半のカップルかよ。何ならもう既《すで》に一つ屋根の下だし。布団《ふとん》にしか包まれない俺が馬鹿みたいじゃんか。

つか言っちゃったな……まぁでも夏川にしろ芦田にしろ俺のバイト先の後輩《こうはい》が一ノ瀬さんだとは知らないわけだし？　親身になるような感覚じゃないだろうから別に良いか。一ノ瀬さんの性格上、二学期が始まって同じ教室に居るとしても接点生まれなさそうだし。

◆

夏川と芦田からは『まあ優しくしてやってよ』との有《あ》り難《がた》いお言葉を頂いた。デリケートな問題過ぎてどうにもできないってのは俺だけじゃなかったみたいだ。『じゃあ夏川への罪は償ったっつーことで』と罪の清算宣言をしたら芦田から不満げに『えー』って言われた。お前、怒ったふりして面白《おもしろ》がってただけだよな……？

夏休みが終わるまで残りは少ない。翌日は爺《じい》さんと一ノ瀬さんを交えて今後学校がある日の態勢を話し合った。放課後の時間帯でも構わない業務内容を昼の時間帯から繰《く》り越《こ》す算段で話し合いがついた。

「……あっ……!?」

「――っと」

「ぁ……ありがとうございます……」

「そんな俺と同じくらい箱抱《かか》えなくて良いよ。力の差とかあるだろうし。時間はかかるかもだけどどうせそんなお客さん来ないから。のんびりやろ、のんびり」

「ぁ……」

査定の終わった買い取り本を専用のカゴにまとめて運ぶ。この店は同じ本が三冊かぶると棚《たな》に置かれないから、爺さんの知り合いの店に回すみたいだ。意外と同業の横の繋がりが広いらしい。

一ノ瀬さんは俺の見様見真似《みようみまね》で本を詰《つ》めるものの、俺と同じ量は重すぎたみたいだ。運んで数歩目でもうふらついていた。予感はしてたから直ぐに支えられたけど、無理をしなくて良い場面で頑張る必要は無い。

「ほら」

「は、はいっ」

一ノ瀬さんに対する印象が逆転すると、日を重ねるたびに小動物的な意味で可愛く見えてくる。身長差と庇護欲を誘《さそ》う見た目が原因か、付いてくる様《さま》はちょこちょことしてるし、重いものを持つたびに口元がわかりやすくむんっ、とした形になるとことか見てると、正直もう小学生が頑張ってるようにしか見えなくもない。マジごめん。

でも、こんな子が、ねぇ……。

思い出すたびに溜《た》め息《いき》出るわ。お兄ちゃん何やってんの。こんな可愛い妹を悲しませたら駄目じゃないの。もっと上手いことやりなさいよ。

「いらっしゃいませっ……！」

「おお、良いね」

張った声を出す事にも慣れてきた。言ったそばで小さく感想を言うと一ノ瀬さんは恥《は》ずかしそうに縮こまった。んだよっ……何なんだよこのついお菓子《かし》を与《あた》えたくなる感覚はッ⁉　ここが大阪《おおさか》だったら外歩いてるだけで大量の飴《あめ》ちゃん持って帰れんじゃねぇの？いや、お菓子よりも大きめのパンとか与えてはむはむさせてみたい。

「あ、あのっ……」

「ん？」

「こ、これなんですけどっ――」

「あー、これは――」

向上心とは別に勝手も解《わか》って来たみたいだ。俺や爺さんが教えたとしても洩《も》れは有る。分からなかったら訊いて、俺も訊かれたからにはしっかり答える。もうすぐバイトが一ノ瀬さんひとりになるだけに、こっちにも気合いが入る。

学校の授業じゃ解かんないとこがあっても中々訊けないしな。堂々と手を挙げて『はい先生！』と質問しようもんなら『なにあいつ、真面目《まじめ》ちゃん？　ウケるんだけど（笑）』って笑われた挙げ句、出された課題を写すのに利用されるだけの便利で哀《あわ》れな奴《やつ》になる。ありがとな松下《まつした》君、あの時はマジ助かった。

くそ真面目な事を言えば、アルバイトはそういうとこが気持ち良い。教室じゃ普通《ふつう》に真面目にやってるだけで『は？　なに真面目にやってんの？』的な空気になるけど、こっちは大マジの仕事だからただただ真面目さが求められる。俺なんかは半分も作業すればそろそろ帰りたいなってなるけど、この世の中じゃ性根《しょうね》の真面目なやつは学校よりバイトに価値を見出《みいだ》したりするんじゃねぇの？

や、真面目なやつはそもそもバイトしねぇか。〝勉強が本分の学生がなにアルバイトなんてやってんだ〟とか見下してそう。許さねぇぞ松下。

「本当はもっと商品の扱い方とか叩《たた》き込まれたんだけどね。一ノ瀬さん、読書家だからかめっちゃ丁寧《ていねい》だよね。細《こま》やかな扱いとか、俺は最初のほう雑だったから凄《すご》いと思うわ」

「そ、そうですか……？」

「おお、感心した」

って、何ナチュラルに褒《ほ》めそやしてんだか。あれだな……一ノ瀬さんから溢《あふ》れ出る年下感がそうさせてる。笹木《ささき》さんの十倍は年下感あるわ。比べる対象がおかしい……笹木さんは人類の奇跡《きせき》とでも思っておこう。

「……ふふっ…………」

「……!?」

えっ……何その微笑《ほほえ》み！　初めて一ノ瀬さんの大人っぽいとこ見た気がする！　え、てか何、褒められて嬉《うれ》しくなった感じ？　そんな風に笑うの？　普通に可愛いんだけど！

「一ノ瀬さん、普段《ふだん》からそうやって顔出した方が良いと思うけどな……——は？」

「……え？」

言ってから気付く失言。気が付いたらポロッと口から出てた。

え、ちょっ、何言ってんの俺。だから一ノ瀬さんの長い前髪《まえがみ》とか、そういう暗い背景が有りそうな事はさぁっ……絶対触《ふ》れない方が良いに決まってんじゃんか。理由もなくそん

な長さにしてるわけないじゃんか！　これに関しても何か事情があるに決まってんのよ！しかも相手は女子だし！

「あの…………？」

「あ！　いや！　そのほら！　別におかしいとことか何も無いから、何で普段そんなに顔隠してんのかなって……！」

「…………」

必死の弁明というか何というか。少しおでこが広いなとは思ったけど、そのまま大人になれば良い感じのアニメ顔になってコスプレイヤーとかに向いた素材になりそうだ。見てみたい。絶対ならないだろうけど。でも勿体無《もったいな》い気はするんだよなぁ……。

一ノ瀬さんは就活生ばりに横分けした前髪を両手で撫《な》でると、それを軽く摘《つま》んでまた撫でて言った。

「——そ、そうですか……？」

「——ッ……！」

ふぐっ…………可愛いッ。何その仕草っ…………身長差って凄いな、普通に話しかけられる時点で上目遣《うわめづか》いだもんな。両手を頭にやってもうポーズ決まっちゃってるし。バイト用のエプロン姿がもはや何らかのコスプレ。でも同級生なのにときめいちゃっただけで感じちゃうこの背徳感は何なの……おでこ触って良いですか。

「う、うん……そう。うん」

「そう、ですか……」

打ち解けるってこういう事じゃないのかね。一ノ瀬さんには手探《てさぐ》りの接し方をしてたから尚更《なおさら》それを感じる。確かに仲良くなったら突《つ》っ込んだ話もするだろうし。一ノ瀬さんの前髪を話題にできたのは大きな進歩だったと思う。デリカシー……うん、デリカシーはあるよ？　恐《おそ》らくきっと多分。

最初こそゴタツキがあったかもしんないけど、バイト上のやり取りをする点じゃ差し支《つか》えないくらいにはなったと思う。日ごと接する度《たび》にその深まりを感じてるし、普通の接客も少しずつだけどできるようになってきている。女性のお客さんに可愛いと言われて照れるのは成長の証だ。ちょっと前なら頭真っ白になって何も言えなくなってたと思う。

時折やってくる笹木さんはさすがの包容力。趣味《しゅみ》も共通の部分があるからか一ノ瀬さんと良い感じに打ち解けていた。まだちょっと笹木さんの一方的な感じはあるけど、ちゃんと一ノ瀬さんは返事をしていた。最初は歳《とし》が逆転して見えたけど……何だろう、一ノ瀬さんって相手に慣れると落ち着いて話すから、今ではちゃんと笹木さんより年上っぽく見えるわ。

一ノ瀬さんの成長を実感すると、これでもうすぐ俺《おれ》も引退かと、古めかしい店内の風景に名残惜《なごりお》しさを感じ始めた。

これで心置きなく夏休みを明けられる――そう安心したタイミングで、事件は起こった。

「――え……佐城くん、かい？」

「え、一ノ瀬先輩……？」

バイトを終えて上がったら古本屋の外に出待ちのファンが居ました（嘘）。

浮気《うわき》は最低な行いだ。全てが明るみになった時に誰《だれ》も幸せにならない。倫理的《りんりてき》にもアウトだし、だったら最初からそんな事すんなって話。浮気相手と交際相手が友人関係ならさらにヤバい事になるのは間違いない。バレるケースは様々——スマホの中を覗《のぞ》き見しちゃった、通知画面に表示されちゃった、寝言《ねごと》で名前を口にした、怪《あや》しまれて調べられた、友人から教えられた……等々。

「ぁ……佐城《さじょう》さ——え？」

そして、〝鉢合《はちあ》わせ〟というのも一つのパターンだ。後からバイトを上がり、古本屋から出て来た一ノ瀬《いちのせ》さんは俺に目を向けると、他にも人が居ることに気付いて目を向け、固まった。

俺を間に挟んで交差する一ノ瀬兄妹の視線。先輩の方は〝やっと会えた〟的な視線を妹に向けていた。そこで気付く。これよく考えたら浮気でも何でもなくただの兄妹《きょうだい》の再会だったわ。てかそもそも俺と一ノ瀬さん付き合ってすらねぇし何なら友達関係ってのもちょっと怪しい。そう、ただのバイトの先輩と後輩。つまるところ赤の他人。だから今すぐここからダッシュで離《はな》れて良いでしょうかっ……！

「…………」

「深那《みな》……ここでアルバイトしてたんだね。母さんにも口止めしてたみたいだし、自分で見つけるのは骨が折れたよ」

口火を切った先輩は優しい口調で一ノ瀬さんに話しかけた。それだけならただの優しいお兄さんなんだけど……その、炎天下《えんてんか》のせいかスゴい汗《あせ》というか、クマさんのような体型も相まって、出待ちというこの状況《じょうきょう》が余計なお世話なんじゃねぇかってくらいマッチしちゃってマジ怪しい人。

いや知ってんのよ？　先輩が頼《たよ》りになる風紀委員の黒一点という存在な事くらい。前に重いもん運んだ時だって汗スゴかったし、でもその分頼りになるパワフルな一面を見せてくれたし、その力量と比例するくらい優しくしてくれた尊敬できる先輩だ。うん、モテる要素だらけだわ。

「ハァ……ハァ………」

頼《たの》むから汗拭《あせふ》いてくださいお願いします。どうしていかにもオールシーズンのそこそこ厚めのジーパン穿《は》いて来ちゃったんですか！

　あれだ、クマさん体型って大きい体格で頼りになるからモテるんだろうし正直羨《うらや》ましく思ってたけど、夏場の炎天下だと折角《せっかく》のアドバンテージもビハインド極《きわ》まりないな。多分これが冬場で俺がここに居なかったら最高のシチュエーションになってたと思う。

「今がちょうど上がりみたいだね？　そ、その……偶《たま》には外食でも――」

「や……！」

「ぅわっちょいエエッ!?」

　男、佐城渉《わたる》。人生で初めて他所《よそ》の女の子から背中に隠れられました。服を掴《つか》まれております。姉貴に掴まれるのと別の緊張感《きんちょうかん》。逃《に》げられません。繰り返します、逃げられません。

　もうこんなの大声上げるしかないじゃない……。

「み、深那っ……！」

「ああああれですよ先輩違《せんぱいちが》いますからね!?　俺と妹さんは先輩と後輩の関係で、いやまぁ学校じゃ同級生で歳も同じなんですけど！　先輩後輩っていうのはこの店でのアルバイトにおける関係でしてね!?　決してこの前お世話になったばかりの先輩に黙って妹さんとそういう関係になったりなんかはしてまへんので――あヤベ京都弁みたいの出ちゃったごめんなさい噛《か》んだだけですッ！」

「ごめん佐城くん、今はちょっと退《ど》いてくれないかな」

「あ、はい──」

って、そうだ。後ろで掴まれてるから退けないんだった。ほら一ノ瀬さん、大好きなお兄さんだよ？　せっかく会いに来てくれたんだし、これを機に仲直りして──うわあああっ⁉　めっちゃうるうるした目で見上げられてるッ……！　また前髪のピン外し忘れちゃってるよ！　お目々大《お》っきいのね！

……や、ちょっと待てよ佐城渉、お前どっちの味方なんだよ。一ノ瀬さんは何で俺の後ろに隠れた？　お兄さんのこと大好きなはずなのにここまでの反応をしてんだぞ。俺がここで退いて『はいどうぞ』なんて言ってもどうにもならないんじゃねぇの？　俺がフォローすべきなのは誰よ？　てか暑い、マジ暑《あ》っちんですけど。

「……や、どっか涼しいとこ移動しません？」

「佐城くん、今はそんな──」

「ぶっちゃけここで話したって何も変わりませんよ。それに妹さん、炎天下に晒《さら》したままで良いんすか？」

「……………わかったよ」

「行きましょ。直ぐそこに落ち着けるとこあるんで」

◆

最初はファミレスに入ろうと思ったけど、諸事情のためコンビニの二階にあるイートインスペースに入る事にした。こういった造りのコンビニは駅近《えきちか》にしかないから運が良い。申し訳ないけど先輩には先に二階に上がってもらい、俺と一ノ瀬さんは後から付いて行った。今この兄妹を二人きりにさせるのはマジヤバみ。

「――先輩、とりあえずこれで拭《ふ》いてください」

「あ、うん……ありがとう。お金払《はら》うよ」

「……はい。あいや、別に後日でも大丈夫《だいじょうぶ》なんで」

見ていられないほどの発汗量《はっかんりょう》。真っ昼間で人も少なく、リーマン的な人達は隅《すみ》にある喫《きっ》煙室《えんしつ》に用があるようなのでそのまま買って来たタオルで堂々と拭いてもらう。座《すわ》るのも気持ち悪いだろうから、とりあえず一ノ瀬さんは座らせて俺は「暑いっすよねー」なんて言って扇《あお》ぎながら立ったまま場を繋《つな》ぐことにした。空調効いてるわー。

「ごめんね佐城くん……その、ちょっと冷静さを欠いてたよ」

「いや、まぁ……お気になさらずに」

敬語に慣れてなさ過ぎて妙にかしこまり過ぎた言い方になってしまった。それでも先輩は真面目に謝《あやま》っている。申し訳ない気持ちは有りつつも、きっと心中では一刻も早く一ノ瀬さんと話したいと思ってるんだろう。

先輩の胸中を量ってると、一ノ瀬さんと目が合った。

「ぁ……！……」

席に着いて、先輩の方にもチラチラと目を向けつつどうしたら良いか分からない、という顔をしていた。そんなの俺にも分かんないよぉ……。

もう大丈夫と言う先輩。確かに汗は引いて良い感じのクマさんに戻《もど》っている。イートインスペースは他の二人席が満席のため、先輩にはそのまま一ノ瀬さんの対面に座ってもらった。俺は空き椅子《いす》をかっぱらって二人の横に付いて座る。この兄妹の関係性がどんなものかは知らないけど、あとは二人でどうぞって気にはなれなかった。まあ……部外者には部外者なりの振《ふ》る舞《ま》い方もあるし、気を遣《つか》う必要はないのかな？

「この前、学校で運搬《うんぱん》の指揮とってくれた先輩……やっぱ付き合ってたんすね」

「……！」

ピシッ、と固まる先輩。いやいや何でそんなやべぇバレた的な雰囲気《ふんいき》なんすか。学校でめっちゃイチャイチャしとったやないですか……！　付き合ってるどころかくっ付き合っとったやないか暑苦しい！　羨ましい！　一ノ瀬さんに〝現場〟を見られたんなら今更《いまさら》だと思うけどな。濃厚なチューは十分濡《ぬ》れ場《ば》です。やだぁ……気ぃ遣う。

「――そうなんだ……由梨《ゆり》ちゃんとは一ヶ月以上前から付き合ってる。その様子だと、深那から聞いたみたいだね？」

「あ、いやまぁその……はい」

雰囲気から察してたけど、一ノ瀬先輩の方からじゃないというのはわかる。きっと色んな要素が合わさって由梨ちゃん先輩は一ノ瀬先輩に惚《ほ》れたんだろう。この人少し関《かか》わっただけでも良い人ってわかるから。由梨ちゃん先輩はそれを一身に浴びまくって惚れたんだろうな……。

「一ノ瀬さん――ああいや、妹さんがアルバイトを始めた理由は知ってるんすか？」

「直接聞いたりはしてないから厳密にはわかんないけど……でも、大凡《おおよそ》は」

「……もしかして、ずっと口を利《き》いてない感じすか」

「……」

当たりっぽい。どうやら一ノ瀬さんはバイトを始めてからずっと先輩と口を利いてなかったらしい。同じ家に住んでいてそんなことできんのかね……親とかにツッコまれそうだけど。いやバイトのことは先輩に黙ってたって言ってたか。先輩は母親が教えてくれなかったって言ってたから、上手いこと親が取り計らっていたのかもしんない。

最近の一ノ瀬さんは良い意味で調子付いていたし、まさか家庭内がそんなことになってるなんて全く考えてなかったわ。

「…………」

先輩の沈黙《ちんもく》を受けて一ノ瀬さんを見ると、ふいと顔を背《そむ》けられた。先輩は積極的に対話を試みようとしてるみたいだし、たぶん一ノ瀬さんの方が避《さ》けてるんだろうな。いや気持ちはわかるけど。でもこの反応は後ろめたく思ってる感じがする。同じ様な顔を何度か見て来たからわかる。気まずいことこの上ないだろうな。俺だって嫌《いや》だわこんなん。

「……俺、出ましょうか？」

「ごめん……さっきのは謝るからちょっとだけ残っててくれないかな？」

「……うっす」

気まずい雰囲気。もともと逃げるつもりは無かったものの、いよいよ逃げ場が無くなって緊張してきた。いったん状況を把握《はあく》するため、どっちの側にも付かず様子を見ることにした。部外者なりに予想をしてみる。

他所《よそ》の家庭の兄妹仲《きょうだいなか》が危《あや》うい件について。一ノ瀬さんの〝兄離《ばな》れ〟に対する覚悟《かくご》はバイトに臨《のぞ》む姿勢で見せてもらったし、何より聞いてしまったからには力になりたい気もする
――けど、実際のところ今の一ノ瀬さんが先輩のことをどう思ってるかはわからない。

前はあのクマさんのようなお腹《なか》を背もたれにして読書に耽《ふけ》るほど仲良しだったらしいけど、そういったものが一気にひっくり返ってしまったなんて事も考えられなくはない。

知ってるようで知らない。手出しのしようがない。でもここで俺が離れたとしても埒《らち》が明かない展開になりそうだ。ここはいったん静観するしかない。

「深那、僕《ぼく》の話を聴《き》いてくれないかな？」

「……っ………」

先輩からいよいよ言葉を投げかけられてビクッとする一ノ瀬さん。俺にとっちゃウザったらしい客に比べたら一億倍怯《おび》える必要の無い相手だ。むしろ今の一ノ瀬さんならそっちの方が堂々と振《ふ》る舞えるんじゃないか。親しい相手ほど間に亀裂《きれつ》が入ったときにどうしたら良いかわからなくなるからな。

先輩は一ノ瀬さんから目を逸《そ》らそうとしない。今この場で自分と妹とのすれ違《ちが》いをどうにかしてやるという気概《きがい》が感じられる。成《な》る程《ほど》、どうりで四ノ宮《しのみや》先輩の下で風紀委員に属しているだけの事はある。どこかに通ずる部分を感じる。

「わ、わたし、は………」

対する一ノ瀬さん。やっとの事で発した声は酷《ひど》く震《ふる》えていた。

今までずっと兄に守られ、包まれ、温《ぬく》もりを与えられて来た一ノ瀬さんがその兄から四ノ宮先輩のような強い意志のようなものを向けられている。今までに同じ様な事は有ったのだろうか。きっと無いんだろうな。多分だけど先輩は性格的に諭《さと》すように叱《しか》るタイプだ。俺が弟だったら自分が叱られてるという自覚もないまま言動を改めてると思う。

「――……っ……」

一ノ瀬さんは助けを求めるように俺に目を向けた。いやちょっと待って何そのキラーパス。無理だから。何なら場を繋いでやっと一ノ瀬さんに渡《わた》したばかりだから。お願い、もうちょっとだけ頑張《がんば》って。後でマシュマロ買ってあげるから。タピオカミルクティーでも良いから。

頭《かぶり》を振って「言ってやれ」と目で訴《うった》え返す。一ノ瀬さんは目を見開くと、今度はきゅっと瞑《つむ》ってから先輩を見上げた。

「……なに、おにいちゃん」

顔つきが変わった。しかも見上げる目がちょっとだけ細くなっていかにも臨戦態勢といった感じになった。後ろに威嚇《いかく》するレッサーパンダが浮《う》かんで見える。俺のジェスチャーを変に受け取ってなきゃ良いけど。

先輩はそんな一ノ瀬さんの様子に驚《おどろ》いてるみたいだ。タラリとこめかみから伝ったのは冷《ひ》や汗か。スーツ着たパンダが困ったようにハンカチで汗を拭《ぬぐ》う姿が浮かんだ。どうしてこっちはキャラクターチックなのかは俺にもわからない。

「その、由梨ちゃんとは一年生の頃《ころ》からの仲なんだ。今までは学校で会ったら話す程度だったから、君が由梨ちゃんの事を知らなかったのは当然だと思う。それでも、風紀委員で二年半の間を一緒《いっしょ》に過ごして来た僕にとっては、とても大きな存在なんだ」

「……………」

「付き合い始めて、君をほったらかしにしてしまったのは僕が悪かったよ。前みたいに一緒に本を読もう、一緒に寝《ね》よう」

ちょっと待って一緒に寝てたん？

や、うんまぁ……別に良いんじゃない？　その……不純な事とか無けりゃ何の問題も無いっていうか。親も容認《ようにん》してるなら何の心配も無いというか。どっちにしろマジで仲良かったんだな……これで一ノ瀬さんがもし佐々木《ささき》の妹とかだったらもう大変な事になってたと思う。ガンバ、佐々木。

「……っ………」

音の無い意思。表情が全《すべ》てを語っている。何が一緒に本を読もうだ、何が一緒に寝ようだ――そんな不満がありありと見て取れる。今まで優しい兄に眉間《みけん》のシワを向けた事が無いんだろう、睨《にら》むように見上げて、目を伏《ふ》せて、そんな葛藤《かっとう》が感じ取れて見てるこっちが苦しくなって来た。

まあ、きっとそういう事じゃないんだろ。

私のお兄ちゃん。私だけのお兄ちゃん。兄貴を割と深めに慕《した》う妹の気持ちは実際に妹をやってるYさんから前に力説してもらった事がある。誰にも渡したくない、自分以外を抱《だ》き締《し》めて欲《ほ》しくない、自分以外の女を見て欲しくない、私だけを見ていれば良い。はいそうです、これは極端《きょくたん》な例です。

言ってしまえば、一ノ瀬さんは由梨ちゃん先輩と別れて欲しいんだろ。兄の柔《やわ》らかなお腹を、温もりを奪《うば》い、自分だけの居場所という独占権《どくせんけん》を奪った由梨ちゃん先輩を受け入れる事ができないんだ。そして、それがただの我儘《わがまま》という事もきっと自覚してる。

「……深那………？」

言えるわけがない。だって先輩は何も悪くないんだから。高校の三年──受験の時期になって初めて手に入れた淡《あわ》い青春。きっと先輩はそれを大切にしたいと思ってるだろうし、一ノ瀬さんだって自分の事だけじゃなくて、兄に幸せになって欲しいっていう思いがあるはずだ。

吐《は》き出すか、押《お》し殺すか。

「────こは……」

「え？」

「そこはっ……もう由梨さんの場所だからっ」

「深那……」

大きな垂れ目。しっかりと先輩に向けられた瞳《ひとみ》は揺《ゆ》れていた。正直それがどれだけつらいものかを理解することはできない。妹とかなったことないし、てかなれないし。何なら欲しいし。

「深那……由梨ちゃんはそんなの口出ししないよ」

まあ食い下がるわな。それにマジで由梨ちゃん先輩も口出ししないわな。妹だし。

一ノ瀬さんがお兄ちゃん大好きなように、先輩も妹の一ノ瀬さんの事が大好きみたいだ。健全──健全？　なようで何より。どっかの兄妹とは大違《おおちが》いだ。ガンバ大阪。間違《まちが》えた佐々木。

「でもっ……！　由梨さんにわるいからっ……！」

「そんなこと気にする必要無いよ。何も遠慮《えんりょ》しなくて良いんだ」

残酷《ざんこく》な甘言《かんげん》。一ノ瀬さんの本意は先輩に伝わらない。

そりゃそうだ。一ノ瀬さんがここまで頑張るのは〝兄離れ〟したいから。そんな理由でアルバイトまでして頑張る妹なんて日本のどこを探しても一ノ瀬さんだけだろ。そんな思いも寄らないものに先輩が辿《たど》り着けるわけがない。ましてや、由梨ちゃん先輩が染《し》み付いたその懐《ふところ》に身を預けたところで、もはやそこは一ノ瀬さんが求める居場所じゃないんだ。

どっちが正しい……？　どっちが間違ってる……？

先輩はただ由梨ちゃん先輩と付き合っただけだ、何も悪くない。そんな現実を受け入れられなくて一ノ瀬さんは逃げ出した。その挙げ句に辿り着いたのがあの古本屋で、いっぱいいっぱいになって畳《たたみ》に頭を擦《こす》り付けてまで今もまだ逃げ続けている。

「アルバイトを始めたのも、たぶん僕が理由だろう？　お金に困ってるわけじゃないのにそんな事をする必要はないと思うんだ」

「そ、そんなことないっ………」

必要ないいな、うん。

一ノ瀬さんの趣味って読書だよな？　新刊本ならデカい出費かもしんないけど、選《よ》り好みしないタイプだから古本屋で済む。ちょっと古いやつなら百円玉一枚で買えたりするから金に困る事は無いんじゃないか。月に五千円も小遣《こづか》いを貰《もら》えれば一日一冊のペースで読んでもお釣《つ》りが来るくらいだ。

「接客業は大変だと聞くよ。深那にそんな辛《つら》い思いをさせたくないんだ」

「つ、つらくなんか………」

「深那」

「ぁ………」

ほんとにできたお兄さんだ。学校の後輩としてこんな先輩と知り合えた事を誇《ほこ》りに思う。少しでも良いから爪《つめ》の垢《あか》を煎《せん》じて姉貴に飲ませてやりたいくらいだ。こんな優しい兄貴が居て一ノ瀬さんがめっちゃ羨ましい。いやもうどっちが間違ってるかとかどうでも良くね？　お互《たが》い理性的な人間だし、俺みたいのが間に入る必要皆無《かいむ》な気がする。

そんな事を考えてると、二階の入り口の方でパタパタと走る音が聴こえた。

「お待たせ！　一ノ瀬くん！」

そりゃねぇっすよ由梨ちゃん先輩。

12章 見て来たもの

（もうだめ…………）

一ノ瀬深那《いちのせみな》は兄とのやり取りに不毛さを覚え始めていた。事の発端《ほったん》は兄が交際相手と睦《むつ》まじいやり取りをしてる最中を目撃《もくげき》してしまった事にある。そこで溢れた感情はその交際そのものが始まったときから積もり始めていた。

「アルバイトを始めたのも、たぶん僕が理由だろう？　お金に困ってるわけじゃないのにそんな事をする必要はないと思うんだ」

「そ、そんなことないっ………」

苦《くる》し紛《まぎ》れの反論。彼女《かのじょ》の手元にはもう兄を打《う》ち倒《たお》せる有効な手札など残っていなかった。そもそも兄の事を悪いなんて少しも思っていない。当然だ、彼女は最初から自分に非があると思っているのだから。これは――――彼女にとってただの我儘に等しかった。

「接客業は大変だと聞くよ。深那にそんな辛い思いをさせたくないんだ」

「つ、つらくなんか………」

「深那」

「ぁ……」

諭すような声に混じった圧。『いい加減にしなさい』と言いふくめられているように聴こえた。苦手な目を向けられ深那は怯《ひる》んでしまう。ただ、非を自覚する心に負けないくらいに、どうしていつものように自分の気持ちを察してくれないのかと不満が膨《ふく》らんだ。

そんな時、一階につながる階段がある右側から駆《か》ける音が聴こえた。兄と二人して振り向き、深那は驚きのあまり目を見開く。同席する少年――佐城渉《さじょうわたる》も一拍遅《ぱくおく》れてそちらを振り向いた。

「――お待たせ！　一ノ瀬くん！」

何故《なぜ》、どうしてここに。兄はこれ以上何をするつもりなのか。深那の頭の中で疑問の声がこだまする。どうして良いか解《わか》らなくなり、逃避《とうひ》の少女は先ほどと同じ様に斜《なな》め前《まえ》の少年を見つめた。

「来たんだね、由梨《ゆり》ちゃん」

「うん。一ノ瀬くんと深那さんだけの問題じゃないと思うから……。それと、久《ひさ》し振りだね、佐城くん。体験入学のときは助かったよ」

「……いえ、そんな。こちらこそお久しぶりっす」

「え…………」

深那は驚いて渉を凝視《ぎょうし》する。兄の彼女と顔見知り……？

そういえば元より兄の事を知っていると言っていた。もしかしてただ知っているだけではなく、関わったことがあるのだろうか。言葉にすれば冷静だが、そんなニュアンスの疑問があらゆる表現で頭の中を渦巻《うずま》いた。今は、本を読むことで身に付いた語彙《ごい》力を恨《うら》めしく思った。

「ああ、どうぞ先輩」

「あ、ごめんね？　佐城くん」

（────あ）

深那にとって頼りの少年が退《ど》く。そこに兄の彼女──由梨が座る。それなら少年はどこに身を落ち着かせるのか。まさかこのまま帰ったりしないだろうかと深那の胸中に不安が広がったものの、それは杞憂《きゆう》だったようだ。少年は考えるような仕草をしつつ、深那の後ろに位置を取った。まるで深那の味方に付いたようだった。

（…………なんで…………？）

佐城渉────深那のアルバイトの先輩にして、学校ではクラスメイト。前までは騒《さわ》がしい存在の一人だったものの、バイトで後輩《こうはい》になってから初めて人生経験の差を見せ付けられた。いい加減な部分こそあるものの、駄目《だめ》だった点は根気強く説明してくれた。深那の性格ではどうする事もできない中で、手元にある限られた手札の中から最適のカードを選んでくれた。

しかし、何が正しくて何が間違っているか。そこの線引きははっきりしていたように思える。間違っていた事があればいつだって言葉を尖《とが》らせていた。実際、深那も自分に非がある事を自覚しているわけだから何も言い返す事ができなかった。

今回もそれは同じ。

繰《く》り返すが、深那は自らの非を自覚していながら抗《あらが》った。それをこの少年が気付いていないはずがない。ここで兄と話している時、少年がこちらに注目するたびにドキッとしてしまう。

彼《かれ》が自分の味方をしてくれる事はない。深那は彼に期待はしなかった。ただ、無言で『さぁ言ってやれ』と言わんばかりに訴えかけて来た目が、ずっと崖《がけ》の側に立つ深那の背中を押そうとしていた。

「由梨ちゃん、えっと――」

兄が彼女にここまでの経緯《いきさつ》を語る。当然のように、その内容に深那自身の心情など含《ふく》まれていなかった。仕方のない事だった、まだ深那はイエスかノーかを返すばかりで、その理由を説明してはいないのだから。

花岡由梨《はなおか》。明るく真面目で、それでいて兄の前では隙《すき》だらけになって甘《あま》える存在。この後者こそが深那にとって許せない部分だった。

兄を奪った存在。暗い感情こそ浮かばなかったものの、深那にとってはただ寂《さび》しく悲しかった。兄が交際を始めてからいつものように大きな体の温《ぬく》もりに包まれたことがある。しかし、そこで感じたものは既《すで》にいつもの兄の香《かお》りではなかった。それが、とにかく残念で仕方がなかった。

ただ正しいだけの、向日葵《ひまわり》の彼女が深那に目を向ける。

「久し振りね、深那さん」

「は、はいっ………」

強い声色《こわいろ》でもないのに溌剌《はつらつ》とした声。それを一身に受け、深那の頭の中は真っ白になる。何と言えば良いのかわからない。何も思いつかない。

「貴女《あなた》が突然《とつぜん》アルバイトを始めたと聞いて、一ノ瀬くんと二人でどうして、って思ったわ。話し合って、深那さんが自分の居場所を探すためなのかなって思った。だって、貴女が居たところに私が入っちゃったから」

「……っ………」

深那の身が震える。

酷《ひど》く正しい指摘《してき》だった。その通り、深那は新たな居場所を求めた。友達なんて居ない。兄に甘えたところで、もはや自分にとっての今までの兄は居ない。気まずくて仕方がなかった。兄と顔を合わせるのが嫌になった。だから、藁《わら》にも縋《すが》る思いで古本屋《あそこ》に身を投じたのだ。もう、兄を求めなくても済むように。

よりにもよって、由梨は深那が目を背けていた闇《やみ》に光を突き付けた。

「でも深那さん、私は貴女の居場所を奪ったりなんかしないわよ。今までと同じように一ノ瀬くんに甘えて欲しいし、その方が私も嬉しいもの。妹の貴女には当然の権利よ」

違う。居場所が空いているかなどという問題ではない。花岡由梨――この存在がそこに居ることこそが問題なのだ。自分の日常に突然舞《とつぜんま》い込んで来た異分子、何よりも大切だった兄に〝女〟というマーキングをし、羽虫である自分を防虫グッズのごとく追い払った。

しかしそれでも自分は羽虫。兄の周囲を飛び回り、他の存在を排除《はいじょ》してしまう。妹として深那に兄の幸せを阻《はば》む理由は無いはずだ。しかしその兄を取られたくもない。世間では可愛《かわい》らしいと思える我儘かもしれないが、深那にとってはそんな自分が酷く醜《みにく》く思えた。

「深那さんは内気な子だから、アルバイトを続けるのも大変でしょう？　今聞いた話だと接客もあるみたいだし、貴女にはまだ早いと思うわ」

そんな事はあった。何《なに》せかつては深那の後ろに立つ少年も言った事だ。アルバイトなんてやめて、親からお小遣いを貰ってやっていけば良いのだと。でもそれは違う、自分が苦労を買った理由はそんなに安いものじゃない。

――心を独立させるため。その思いだけは否定されたくなかった。

「は、早くなんてありません」

「そんな、どうしてそこまで……」

はっきり言えた。一対三。深那を認められるのは他でもない深那自身だけ。愚《おろ》かな事をしていると自覚している分、開き直っていると言っても過言ではない。ただそれでも譲《ゆず》れない一線が、一ノ瀬深那の中にある。それを守るためならまた逃げ出してでも成し遂《と》げる。

少なくとも、今までのアルバイト生活の中で得られたものは確かに在った。

「深那、どうしてそんな意固地になるんだ。今までそんな事は一度だって無かったじゃないか」

「お願い深那さん。私はこんな事で一ノ瀬くんの家族を壊《こわ》したくはないの……戻って来て」

「……ッ……」

小さな激情が込み上げた。それと同時に葛藤も。

この鬱憤《うっぷん》はどこで晴らそう。そうだ、目の前に手頃《てごろ》なテーブルがあるではないか。しかしそれは見るからにとても硬《かた》いアクリル製の板。本しか読んで来なかった小さな手をぶつけるのは躊躇《ためら》われた。それでも深那は――ああ、これで、手も心もまた痛くなるんだろう、と。

「――あの、お二人さん。もうちょっと一ノ瀬さんの話を聞いてやってくんないっすかね?」

「…………え?」

深那の後ろから投《な》げ掛《か》けられた声。今までの状況に似つかわしくなく、とても軽いトーンだった。静観を貫《つらぬ》いていた少年が深那の横まで来る。今まさに手を投げ出そうとしていた場所に、そっと手が置かれた。

(…………え?)

状況が見えない。どうしてこの少年は口を挟《はさ》んだのか。自分は間違っている、深那自身がそれを自覚している。ならば、この少年が兄とその彼女の説得を遮《さえぎ》る理由は無いはず。

「えっと、佐城くん…………どういうこと?」

「いやそもそも一ノ瀬さん、よくやってますよ。最近はやる気と向上心ばかりで感心させられます。まぁ最初こそ苦手意識強そうでしたけど、そんなもん誰だって一緒でしょ」

「えっ……」

　そんなはずはない、と言いたげに兄が否定的な声を上げた。もっともな反応だ。何故なら兄は知っている。自分は人見知りで内気、引っ込み思案。つらければ直ぐに挫《くじ》けてしまう、そんな弱い存在。それが深那にとっても、兄にとっても共通認識《にんしき》なのだから。

「あの、どうして一ノ瀬さんがバイトがつらいと思ってる前提で話を進めるんです？　そんなのバイトの先輩として黙《だま》ってられませんよ」

「あ、それは……」

「自立するため――一ノ瀬さんからバイトを始めた理由はそう伺《うかが》ってます。何かおかしいとこありますかね？」

「佐城くん、そんなものは建前なんだよ。これは僕が深那をなおざりにしてしまったから起こった問題なんだ」

〝自立は建前〟。その通りだ。その通り過ぎて深那は目を伏せた。〝自立〟という言葉は建前に過ぎない。不純な動機でアルバイトを始めた。兄に対する敬愛をなげうってでもあの気まずい環境《かんきょう》に戻りたくはなかったから、だから土下座してでもとにかく頑張るしかなかった。そうやって兄離れする事こそが自分にとっての自立。それがつらかったかと言われれば否定できない。確かに、何度挫《くじ》けそうになったことか。

「――いやだから。何もおかしくないし、間違ってないじゃないっすか」

「……え？」

「え……」

そうだと言うのに、どうして。

再び断言する少年に視線が集まる。彼はそれを当たり前のように言ってのける。どういう事かと、皆《みな》で続きを求める。

「大好きな兄を由梨先輩に取られて嫉妬《しっと》して、そんな気まずい環境から逃げ出すためにアルバイトを始めた――この動機のどこがおかしいのかと言ってるんすよ。先輩二人が付き合って妹をなおざりにしてしまった事も、そのせいで妹が兄離れしようとするところも、どっちも別に当たり前の事じゃないですか」

「でも……それと僕たちの気持ちは関係ないよ」

「そ、そうよ。私たちは本当に深那さんのことを大切に思って――」

「先輩がた、一ノ瀬さんのこといま何歳《いくつ》だと思ってるんすか」

「え……」

僅《わず》かに不機嫌《ふきげん》な声。これを深那は知っている。本意までは掴めないものの、その声はかつて、確かに自分の歩く道を変えるものだった。あれが無ければ、自分はまだどこに居ても右往左往するばかりだったかもしれない。怖《こわ》い事には変わりはないけれども。

「一ノ瀬さん、もう高校生っすよ。一ノ瀬さんに大人になる権利は無いんですか？」

「お、大人……？」

「ただ逃げる事だけを理由に頑張ることができますか？　大好きな兄を取られようと、嫉妬心に駆られようと、一ノ瀬さんは自分の本心を抑《おさ》えて奮い立たせて、それがどんなに苦手な事であろうと、本当の意味でお二人を祝福するためにこの道を歩いてるんです。一ノ瀬さんからその機会を奪うつもりですか」

「そ、そんなつもりは………」

「先輩……妹離れしろなんて俺《おれ》の口からは言えません。ですが、〝妹はいつだって自分の側に居るのが当然〟なんて考えは間違ってるんじゃないですかね。妹に兄離れされたらもうみんなで笑えないんですか……？　そうじゃないでしょう」

「………」

その言葉は深那の心にも刺《さ》さった。自覚もしていた。大好きな兄がいつも自分の側に居るべきなんて考え方は身勝手だ。

でもそれでも納得《なっとく》できなかった。だから深那は自分が間違っている事が解っていても現実から目を背け、アルバイトを始めた。まさか今になって、横で味方をしてくれている彼がそれに気付いていないはずがない。間違っていたら訂正《ていせい》されるはずなのだ。いったい何故、どうして――。

「バイトの先輩という立場から言わせてもらえば……今この場で一ノ瀬さんのこれからを決めるのはまだ早いと思います。今後のためにも、一ノ瀬さん自身がどうしたいのかを自分の言葉で説明できるようになるまで待つべきだと思いますが」

「………」

妥協点《だきょうてん》。第三者でしかない少年は落としどころを提案する。少なくとも最後の言葉は双《そう》方《ほう》の肩《かた》を持つものであり、一方で持たないものでもあった。要するにぶん投げたのだ。本来それが在るべきかたちだから。そもそもあっさり深那が辞《や》めてしまえば古本屋が困ってしまう。

その意味を、二つ大人の先輩二人は咀嚼《そしゃく》できた。事態はただ子供染《こどもじ》みた諍《いさか》いで済むものではないのかもしれないと、ようやく思うようになった。

〝一ノ瀬深那は大人になろうとしている〟。少なくともこの言葉は間違いなく大きかった。兄にとっても、姉になりたいと願う彼女にとっても。

◆

「深那、今日はもう帰ろう。由梨ちゃん、わざわざごめんね？」

「ううん、良いよ」

そっと寄り添《そ》い横並びになる二人。深那はそんな二人に付いて行く気にはなれなかった。それに、気になる事もまだ残っている。

「……さ、先に帰ってて」

「え……」

先に帰るよう伝えると、悲しそうに振り返る兄。それを見て深那も胸の奥《おく》がチクリと痛んだ。でも、前ほどではない。兄には悲しくなっても支えてくれる人が居る。

そんな視線の先に立つ彼女は、深那を見て察したように兄の腕《うで》を引き、階段の方に向かって行った。彼女にも思うところがあるのだ。遠慮なく兄を連れ去って行ってくれた事に、深那は感謝を覚えた。

「……まぁ、あれに付いてくのは無理だよなぁ」

「う……はい」

付いて行かなかった理由は二つ。邪魔《じゃま》をしたくなかったし、胸に積もった疑問を、疲《つか》れた顔でぐでっと座る少年にぶつけたかったからだ。

彼は深那が残った理由を問いはしない。思えば彼はもともと人の機微《きび》に敏感《びんかん》なのか、自分があたふたしてると本意を汲《く》んでくれる。バイト上の関係のおかげでそうなったのか、深那にはその理由が分からなかった。ただ、深那は問いたいと思う。どうして今に限ってこの醜い部分を見通せて居ながら責めなかったのか、と。

「ぁ、あの……」

「ん?」

「どうして……」

どうして、味方をしてくれたのか。

自分は確かに間違っていたはずだ。醜い感情を持っていながら声高《こわだか》に主張する勇気も無く、小動物のように威嚇《いかく》する事しかできなかった。いつもなら兄の言葉を追うように叱って来ていただろう。

佐城渉の言葉は全てが深那の代弁ではなかった。本当の意味であの二人を祝福するために、なんて考えた事も無かった。アルバイトを続け、兄と由梨の二人から逃《に》げ続けた先でいったい何処《どこ》に向かえば良いのか。彼の言葉は手札に無い新たなカードを掲《かか》げ、道標《みちしるべ》を照らしてくれる施《ほどこ》しでしかなかった。

「わ、わたし……間違ってたんじゃ……」

「や、だってこれ別にバイト中じゃないし。合ってるかとか間違ってるかとかどうでも良いかなって。そこは自分がわかってれば良いんじゃない?」

「え…………」

間違っていようと自分の知るところではない。深那は渉のまさかの本音に動揺《どうよう》する。アルバイト中に口酸っぱく注意して来た人の言葉とは思えない。いったいどういう風の吹《ふ》き回しなのかと、目で訴える。

「さっきも言ったけど、ここに来たくらいから思ってたんだよ。兄貴に彼女ができて妹が兄離れするなんてあってもおかしくない話かなって。だったら、俺は自分がバイトの先輩として見て来たもので判断しようと思った」

佐城渉が見て来たもの。一体どんなものだろうかと深那は考える。ある日アルバイトに自分が加わり、自分の不甲斐《ふがい》なさで多大な迷惑《めいわく》をかけ、無様な姿を晒《さら》し、手間を掛けさせてやっとこさ今に至った事だろうか。

「さっきの啖呵《たんか》はそれらしい言葉を並べただけだよ。何とか説《と》き伏せて時間は作った。もちろん正しいと思って言った事だけど、それは別に俺が伝えたい事じゃない」

だったら何なのだ。心の底で、打ち捨てたはずの期待が浮上《ふじょう》する。先を知るのが怖いと同時に、強く知りたいとも思った。どこか苦手と思いつつ、つい頼《たよ》ってしまったアルバイトの先輩の本心を。

「一ノ瀬さんは〝ちゃんとバイトを続ける〟って意志を持って入って来たんだよな。それを知らない内はただただ驚いてばっかりだったけど……知ってからは、一ノ瀬さんの行動の一つ一つに一ノ瀬さんなりの重みが有るんだと思った」

まさか。

まさかそう思ってくれているなんて思っていなかった。未《いま》だ迷惑に思われていると感じていた。心の中で馬鹿《ばか》にされていると思っていた。そんな風に、自分の都合を考えてくれているなんて思いもしなかった。

「先輩たちが一ノ瀬さんを連れ戻《もど》しにやって来た。もうバイトは辞めるべきだと言った。その方がもしかすると周りのみんなにとっては正しいのかもしれない。それじゃあさ、一ノ瀬さんは今まで何のためにあの場所で頑張って来たんだよ」

「あ………」

そうだ、あの甘言を受け入れていたら、全てが無駄《むだ》になっていた。甘やかされればまた元に戻ってしまう。曖昧《あいまい》に納得できないまま過ごし、兄にも、その彼女にも気を遣《つか》うだけの関係がただひたすらずっと続いていたはず。

「責められた。謝《あやま》った。叱られた。嫌なことばかりでも、一ノ瀬さんはちゃんとお客さんと目を合わせて接客できるようになったし、時々だけど提案もできるようになった。俺はそれを先輩として側で見て来た。一ノ瀬さんは確かに頑張って来たんだ」

「ぁ――――」

少年は続ける。あくまで自分が納得できなくて口を挟んだのだと。感情に身を委《ゆだ》ねて、自分の知る〝一ノ瀬深那〟を主張すべく彼女の横に並んだのだと。この一ヶ月間は、決して無駄なものではなかったのだと。

こうして育てた後輩を、簡単に奪われたくなかったのだと。

「――――それが全部無駄になるなんて、納得できるわけねぇだろ」

少年は、やっぱり彼女を泣かせてしまった。

13章❤　二学期の始まり

　夏休みが終わったところで夏の暑さはそんなに変わらない。涼《すず》しくなり始めるのはだいたい十月半ばから。それまでは夏物の制服が続くということだ。そう、つまり学校に行けばまだまだ夏川《なつかわ》の白く細い腕を拝めると言うこと。眩《まぶ》しい美貌《びぼう》はオールシーズン。サービス精神が旺盛《おうせい》な事でファンの俺も大歓喜《だいかんき》。何で夏川に課金できないのかしら……。

「……………ん？」

　二学期初日の登校。若干遅《じゃっかんおそ》めに辿り着くと校門前が何やら賑《にぎ》わっている。近付いてみると、知らない男子生徒が四ノ宮《しのみや》先輩に捕《つか》まってるのが見えた。よく見ると周囲には同じく風紀委員の巨乳担当こと三田《みた》先輩やマスコットの稲富《いなとみ》先輩が居る。腕には赤地に白い文字の〝風紀〟の腕章《わんしょう》を付けてるし、服装の乱れとかをチェックしてるのかもしれない。まあ男なんてシャツのボタン開けてるか裾《すそ》出しちゃってるくらいだし、俺は問題ないだろ。

「む、佐城《さじょう》か？」

「ええっ……⁉」

普通《ふつう》に近付くと四ノ宮先輩からノールックで言い当てられた。あり得なさ過ぎて裏返った声が出る。そんなクソボイスを聴《き》いて俺だと確信したのか、先輩はやっとこちらを振《ふ》り向いてニヒルな笑《え》みを浮かべた。やだカッコいい……夏休みでまたイケメンレベルを磨《みが》いて来たようだな……。

「やあおはよう、久し振りだな佐城。少し焼けたか？」

「はよっす。日焼けはそれなりに……え、先輩何で俺ってわかったんすか？」

「ああ、気配で」

「気配」

忘れてたけど四ノ宮先輩って道場通いの人だっけか。確か精神道とか言ってたよな。道場に連れ込まれた日の事はインパクトがデカ過ぎて脳裏《のうり》に焼き付いている。え、だからって極《きわ》めたら人の気配読み取れんの？　生まれる世界間違えてる気がすんだけど。

「気配って人によって違《ちが》うんすか？」

「ああ、全然違うぞ」

気配、気配かぁ……色とかあんのかな？　夏休みが終わったのは残念だけどまた学校が始まるのはそれはそれで楽しみだった。若干《じゃっかん》ウキウキ気分だったたし、明るめの色だったに違いない。こう、レモンサワー的な感じ。

「俺の気配は何色ですか」

「佐城は茶色だな」

「茶色」

「あ、いや！　ブラウンだ！」

「ブラウン」

え、なに、今もしかして気遣《きづか》われたの……？

横文字に言い換《か》えたところでそんなに嬉《うれ》しくも悲しくも無いっつーか。ああブラウンなのね、良いじゃん何か。俺が豆挽《ひ》いたら美味《うま》いコーヒー作れそうじゃん。実際アイスコーヒーだけは姉貴からのお墨付《すみつ》きだぞ、アイスコーヒーだけは。四ノ宮先輩《せんぱい》から見たら俺ってとんでもねぇ屁《へ》こいた奴《やつ》みたいになってんのかな……。

「あら、佐城じゃない」

「佐城くん！」

三田先輩と稲富先輩にも気付かれた。二人に挨拶《あいさつ》されて思わずたじろぐ。久々だからか女子のミニスカートとか刺激《しげき》がやたら強いのなんの。見ちゃうよそんなの。特に三田先輩は上の方も。

稲富先輩からは「私どこか変わったと思わない⁉」と男を殺す質問をされた。ダメ元で

「そういえば身長伸《の》びましたね」って言ったらすげぇ跳《は》ねて喜ばれたから当たったのかと思ったらまさかの不正解。頭の赤リボンを新調してたらしい。三田先輩から肋骨《ろっこつ》の間を指で突《つ》かれた。四ノ宮先輩からは呆《あき》れた目をされた。あんたはやめろ。

◆

「あ……あ………佐城さん」

「えっ……？　うわ！　一ノ瀬《いちのせ》さん⁉」

いつもなら左に曲がる廊下《ろうか》。右から声を掛けられて振り返ると、柱の関係で窪《くぼ》んでる壁《かべ》の陰《かげ》から一ノ瀬さんが鞄《かばん》を抱き締めながらそっと顔を出していた。何でそんなとこに居るのかと言えばたぶん理由は一つしかない。

「おはよ。そんな隠《かく》れんでも……」

「だ、だって………」

まだ夏休み前のこと、気分で早く登校してみたら既に一ノ瀬さんは教室に居た。そのくらい朝早いタイプだから、たぶん今日もほんとは誰《だれ》よりも早く来てたんだろうな。それなのにバッグ持ってそんなとこに居るって事は結構な時間隠れてたんじゃ……。

「別に変じゃないって。自信持ちなよ」

「あうう……」

引っ張り出すと自信無さげな声が返って来た。不安そうにこっちを見てくる一ノ瀬さんはしっかりと両目が見えている。改めて見て一昨日《いっさくじつ》の一ノ瀬さんの赤面を思い出す。

クマさん先輩の出待ちをくらった翌日、一ノ瀬さんは何と美容院に行ってあの長い前髪《まえがみ》を切って来た。緊張《きんちょう》のあまり前髪を切りたいことだけ伝えてお任せしちゃったとか。目が見えてるだけじゃなくてチラリとおでこも見えちゃうサービス付き。ナイス美容師さん。一ノ瀬さんもよく勇気出したわ。褒《ほ》めて良かった。

いや、うん、普通に可愛くてこっちが吃《ども》る。話を聞けば小学校の頃《ころ》に額が広くてハゲだの何だのでイジメられた経験があったとか。あの長い前髪はそれが理由だったらしい。予想通りだったな。にしても自然な上目遣《うわめづか》いとか照れる。ちょっと目線合わせるためにしゃがんで良いですか。ていうか改めて一ノ瀬さんの制服姿見るとマジ新鮮《しんせん》なんですけど。

訊《き》いてみると恥《は》ずかしさのあまり俺をここで待ってたとのこと。わざわざ引っ張って行かなくても付いて来てくれるみたいだ。バイトのときは堂々とデコっぱちだったのに何が恥ずかしいのか……まあ、日常的に顔を合わせる奴ばっかだとそんなもんか。

「ほら、行こう」

「は、はい……」

「もう俺は先輩じゃないよ」

「ぁ、う、うん……」

バイトの最終日。俺は昨日をもって古本屋のエプロンを爺《じい》さんに返した。一ヶ月半くらいの付き合いだったというのに湿《しめ》っぽいのなんの。奥さんからはお礼にと可愛らしいエプロンを貰った。家で使って欲《ほ》しいとの事だ。今度カップ麺《めん》作るときとアイスコーヒー作るときに使わせてもらおう。明日にはお袋《ふくろ》が使ってそうだけど。

意外にも一ノ瀬さんが涙《なみだ》ぐんでくれた。マジでトラウマ。無言で俺の腕に指先でちょんって触《ふ》れてくんの。どうせぇっちゅーねん、思わず指先で握手《あくしゅ》したわ。また明日って言ったら思い出したように微笑《ほほえ》んでくれた。その破壊力《はかいりょく》よ。爺さん、守ってやってくれよ……。

一ノ瀬さんはバイトを続けるって先輩たちに宣言したみたいだ。けど関係的にはどうなんだろう。先輩たちを避《さ》けるのはやめたらしいけど、じゃあまたあの柔《やわ》っこそうなお腹《なか》を背もたれにして本読んでるのって訊いたら断ったたって言ってたし。クマさん先輩ドンマイとしか言えねぇわ、うん。てか君ら世の兄妹《きょうだい》よりまだ全然仲良いからね。

そのタイミングで俺はもう先輩じゃなくなるわけだし、言葉遣《ことばづか》いの事とか指摘したら戸《と》惑《まど》いつつ頷《うなず》かれた。今のとこ学校で一ノ瀬さんと何話すのかなんて全然想像できないけど、まあなるようになるだろ。

「開けるよ」

「ひぅ」

「開けます」

教室まで辿《たど》り着いて扉《とびら》を開こうとすると怯《おび》えるような声が返って来た。あまりに声がか細《ぼそ》過ぎてもういっそのこと開けなくても良いんじゃねぇかってつい思ってしまう。そんな庇護《ひご》欲を何とか押《お》し殺して、思い切って開け放ってやった。

「じゃーす」

「あ！　おっはよーさじょっち！」

「おはよう」

「よう芦田《あしだ》、夏川《なつかわ》。はよ」

扉を開けるとすぐ左に俺の席。その後ろには芦田が座《すわ》っていて、その横には夏川が立っていた。俺たちより早く来て喋《しゃべ》っていたらしい。夏服っ……夏川の夏服！　ああっ……!?

夏川が少し焼けてる！　良き！

――――って、ん……？

「メッセージでやり取りしてると久し振り感無いよねー……って、あれ……？」

「わ、渉《わたる》……その子」

「あ、おう、えっと……座敷童子《ざしきわらし》」

「違うよね⁉」

ドキドキ……ドキドキ……。

扉を開けて緊張が跳ね返ったのか、一ノ瀬さんは俺の後ろにぴったり張り付いた。ぴったりって言うのはですね……その何というか所謂《いわゆる》ゼロ距離《きょり》って言われるものでして……背中が温《あった》かいっていうか？　まあ？　クマさん先輩が一ノ瀬さんと密着したがる気持ちも解《わか》るっつーか？

「ちょ、ちょちょちょ一ノ瀬さん」

「え……⁉　その子もしかして一ノ瀬ちゃん⁉　そこの席の⁉」

驚《おどろ》いた顔で芦田が声を張り上げた。おいちょっと、教室の全員こっち見たんだけど。そんな事されたら一ノ瀬さんずっと出て来れなくてこのまま——このまま？　ほ、ほう……や、まぁ別に？　一ノ瀬さんが嫌《いや》ならずっとこのままでも別に良いっていうか？　この温かさと柔《やわ》らかさを味わうのも悪くないかなっていうか？

「ちょ、ちょっとっ……」

「え？」

背中の感触《かんしょく》に癒《いや》されてると、夏川がムッとした顔で近付いて来た。

「ダ、ダメよ、そんなの……」

「あ、おう……」

俺と一ノ瀬さんの間に手を差し込む夏川。黒板側にゆっくりと押し込まれて一ノ瀬さんから離《はな》される。結果、一ノ瀬さんはそのままそこに棒立ちする事に。流れに身を任せた後に振り返ると、夏川と一ノ瀬さんの二人から何か物言いたげな目で見られていた。一ノ瀬さんは助け求めてんな……目から伝わるメッセージの強さよ。

「ああ⁉ 一ノ瀬ちゃんが前髪切ってる！」

「あ！ ほんとだ！ 可愛い！」

「その方が良いじゃん！」

一ノ瀬さんのイメチェンに気付いた女子から黄色い声が上がる。白井《しらい》さんとか岡本《おかも》っちゃんも喜色の笑みで走り寄っていた。女子ってこういうときはグループとか関係なく連帯感生まれるからすげぇよな。俺が髪切って教室に入ったとして『えー佐城くん髪切ったーん？』って一斉《いっせい》に野郎《やろう》どもに走り寄られたら全速力で逃げるわ。てか腰抜《こしぬ》かすわ。

白井さんも岡本《おかもと》さんも一ノ瀬さんと同じく文化系っぽい感じだだし、仲良くなれない事もない気がする。少なくともバイトでこっちが逆らえないと思ってる客よりは十分に話せる

と思う。

一ノ瀬さんから助けを求めるような視線。無理だから。女子に揉《も》みくちゃにされてるのとかもう一番どうにもできないやつだから。大人しく揉まれときなさい。へへへ、組《く》んず解《ほぐ》れつな女子はええのう。

鼻の下を伸ばしてると、右側から夏川の訝《いぶか》しげな目線が。

「……もしかして、バイト先の子って」

「あっ……さ、さぁ？　どうだろうね？　佐城わかんない」

夏川と芦田には割と一ノ瀬さんについて言っちゃってる部分がある。一ノ瀬さんが例の〝バイト先の大人しい子〟だってバレるわけにはいかない。たとえバレてたとしてもはぐらかす以外の選択肢《せんたくし》は無い。こんな可愛い子を土下座させたとかお前……万死《ばんし》じゃん。

「いやほら、俺って痴呆《ちほう》なとこあるから」

「……」

「…………あの」

これは……飛び降りれば良いのか？

EX1 ♥♥ あの日に向けて

夏休みも終盤《しゅうばん》に差し掛かる時期、今日も今日とて遊ぶ金欲しさにアルバイトに耽《ふけ》っていた。今更《いまさら》ながら不純な動機すぎて笑う。兄離《ばな》れだの自立だののために真面目《まじめ》に働いてる一《いち》ノ瀬《のせ》さんの爪《つめ》の垢《あか》を煎《せん》じて飲みたい（狂）。

頑張《がんば》った分だけそれが自分のバイト代に還元《かんげん》されると考えると自然と力が入るもの。そう意気込むも、個人経営の古本屋が賑わうかと言えばそうでもなかった。

ヒマだな、なんて口に出すと一ノ瀬さんが反応に困った目でこっちをチラ見する。「え、そんなこと言ってええのん⁉」なんて思ってそうだった。一ノ瀬さんがはっちゃけると逆に可愛くなりそうだ。仕事にも慣れてきたのか、始めた当初より落ち着いてこなすようになっていた。

そんな事を思ってると店先に誰かの気配を感じた。気配が……読めるだと？　まさか知らない内に特殊《とくしゅ》能力に目覚めてた？　接客を続ける内に才能開花したみたいだ。俺の初期のレア度が☆1だとしたらきっと今のレア度は☆2になってるはず。レア度☆2とか、ノーマルガチャキャラかよ……。

冗談《じょうだん》は置いといて、古本屋は閑散《かんさん》とした所にあるからお客さんの足音がよく聞こえる。ガラスの向こうに向かって身構えると、最近よく見る女子大生が姿を現した。レ、レア度☆6だと……。

「こんにちは！」

「いらっしゃい、笹木《ささき》さん」

冷静を装いながらうおっと仰《の》け反る。大人びた顔付きと身長は一目見ただけでは女子大生。だけど蓋《ふた》を開ければ実はまだ中学生というトラッパーな笹木さんは、男を惑《まど》わせる風貌《ふうぼう》でありながら年齢《ねんれい》に添ったミニスカートを穿《は》いていた。突然《とつぜん》の生脚《なまあし》に動揺を隠せない。

俺はきっと今日死ぬんだろう。姉貴、毎日枕元《まくらもと》で呪《のろ》ってやるよ。

「一ノ瀬《いちのせ》先輩もこんちには！」

「こ、こんにちは……」

女子大生に見えるだけあって笹木さんはそこそこ身長がある。コスプレ次第《しだい》じゃ小学生でも通る可能性を秘《ひ》めた一ノ瀬さんからすれば中学生ばりに元気な女子大生から挨拶されたときの迫力《はくりょく》は凄《すご》いに違いない。個人的には一ノ瀬さん視点で笹木さんを見上げてみたいし、笹木さんの小学生のコスプレにも興味があります。

「今日もこれから図書館でお勉強？」

「はいっ、その前にお二人とお話ししたくてっ」

「可愛《かわい》いかよ」

「へ……？」

「んんっ……」

突いて出た言葉を慌《あわ》てて誤魔化《ごまか》す。可愛いかよ……何だよお話ししたいって……新種の妹かよ……新種の妹って何だよ。

中学生とわかるまで女子大生と思って話していたからか、今も心のどこかで〝お利口さん〟と思われたい節がある。翻《ひるがえ》って〝大人な高校生〟と思われたい。夏川《なつかわ》に対して取り繕《つくろ》うのは今更だけど、夏川じゃなくなった途端《とたん》これっていうね。どんだけ尊敬されたいんだよ……。

「そういや笹木さんって美白浜《みしろはま》中学なんだよね。いつもここまで来てるけど、家はこっちの方なん？」

「うーん……間、くらいですかね。学区的にギリギリなんですよね。あと少しこっち寄りだったら浜中《はまちゅう》に入れませんでした」

「美白浜中学って浜中って略すんだな……」

鴻越高校《こうえつこうこう》のあるこの街と隣《となり》の美白浜市《みしろはまし》は内陸部と沿岸部の関係にある。ビジネス街があるだけに都会寄りなこの街だけど、美白浜市に行けばあら不思議、自然溢《あふ》れる田舎町《いなかまち》に様変わりする。田舎《いなか》と言ってもコンビニまで二時間かかるとかそういうものじゃなくて、子供向けの動物園とか、セントラルパークを模した広場とかゴルフ場とか、自然を活用した観光地が多い事で知られている。海に遊びに行きたいときはほぼ美白浜だ。

「俺も子供の頃よく遊びに行ったよ。一ノ瀬さんも美白浜の海とか行ってたんじゃない？」

「あ……わ、わたし、泳げなくて……」

解釈一致《かいしゃくいっち》ですね……何でかわからないけど心のどこかで「一ノ瀬さんは泳げないでくれ……」と願う自分が居た。手を引いてバタ足の練習させたい。あと今から遊びに行ったとして、一ノ瀬さんはきっとスク水――やめよう、まともな目で一ノ瀬さんを見れなくなりそうだ。

「今までは私もあっちで遊んでたんですけどね……電車に乗るようになって、本を読むようになって、友達と遊びに行くときはこっちになっちゃいました……小さい頃は〝特別なお出かけ〟のときだけこっちだったんですけどね」

「あ、俺は逆だな。元々こっちに住んでたし、〝特別なお出かけ〟は美白浜の方だったたな。子供の頃に近くに動物園とか草スキーとかテーマパークがあって羨《うらや》ましいよ」

人によっては今もだけど、小学生のお小遣《こづか》いなんて電車に乗るだけで吹き飛ぶからな。遊びに行ける場所なんて自転車で行ける範囲《はんい》だった。小六の時に友達と自転車で美白浜まで遊びに行って、帰ったら夜の九時でお袋にしこたま怒《おこ》られた記憶《きおく》がある。警察呼ぶ手前だったとか。

「まぁ、あっちは服とかアクセサリーとか美容院とか、オシャレものは少なそうだからな」

「――そ、そんな事ありませんよっ！」

「うおっ……!?」

馬鹿にしたわけじゃなかったけど、どうやら笹木さんの気に障《さわ》る言葉だったみたいだ。見た目がこんな女子大生の子を怒らせるとか嫌なんだけど。もうそれだけで傷付きそう。何で俺ってこう直ぐにやらかすのかね……。

「美白浜市は子供の夢の町であると同時に〝職人の町〟でもあるんですよ！　伝統的な陶《とう》器《き》だったり、自然を活《い》かしたクラフトショップだってたくさんあるんです！」

「へぇ……ちょっと興味あるな。どんなの？」

「潮風が当たりやすいので、潮に負けない工夫《くふう》を凝《こ》らしたファッションとかあるんです！　日本版アロハシャツなんてのもあってちょっと有名なんですよ！」

「いや詳《くわ》しいな」

「小学生の頃に地元の文化とか叩《たた》き込まれますからね……」

「わかる」

くそ懐《なつ》かしいな……そういや小学校の頃は国語とか算数だけじゃなくて謎《なぞ》の授業あったよな。俺のときは『総合』なんて授業あったっけ。何やるかよく分からんやつ。

「私のこれも小さな貝殻《かいがら》の組み合わせなんですよ」

「あ、オシャレ。笹木さんもそういうのするんだ」

「えへへっ、友達に感化されてですけどねっ」

手首に巻かれた麻紐《あさひも》で小さな貝殻をいくつも繋《つな》げたブレスレット。夏の季節にピッタリなアクセサリーだ。男でも似合いそう。ただしイケメンに限る。

「ちょっと前にお父さんと一緒《いっしょ》に作ったんです」

「へぇ……え、それ作ったの？　凄くね？」

てか仲良くね？　え、世の中のＪＣってそんなに親父《おやじ》と仲良いの？　俺と親父が和気《わき》藹々《あいあい》とした事なんてホントに小さい頃の話だし、姉貴なんか小学生の時点で親父と洗濯物《せんたくもの》分けてたぞ。ちょっと前まで話しかけるだけで舌打ち返してたし。

「海沿いのクラフトショップで教えてもらいながら作ったんです。自分で作るんで、その分安いから中学生に優《やさ》しいんですよね」

「へぇ……え、ほんとに興味湧《わ》いてきた。何て店？　調べる」

「あ、えっとですね――」

スマホを取り出して検索《けんさく》サイトに繋ぐと、笹木さんがグッと顔を近付けて覗《のぞ》き込んで来た。お、おお……何かこう、自然な香《かお》りがする。やっぱホントに女子大生じゃないんだな。夏川ですらちょっと化粧品《けしょうひん》の甘《あま》い匂《にお》いだからな。そう考えると笹木さんってノーメイクでこんなに垢抜《あかぬ》けてんだな、ヤバくね？

「あ、この店？」

「あ！　それです！　ホームページあったんですね！」

伝わって来る純真無垢《むく》な香りに余計にドキドキしてると、それっぽいホームページが見付かった。『海沿いの町、美白浜でシェルクラフト！』をキャッチフレーズにした素朴《そぼく》な色合いのページ。長年更新《こうしん》されていないのか、折り畳《たた》み携帯《けいたい》時代の香りがした。さすが田舎町だな……。

「主婦が経営してる個人経営店」

「佐城《さじょう》さん好みですね」

「えっ……!?」

思わず笹木さんを見る。えっ、俺《おれ》って笹木さんから主婦好きと思われてんの？　そんな別に人妻趣味《しゅみ》とか欠片《かけら》も無いんですけど！　俺の恋愛《れんあい》対象は独身オンリーだからな！　てかそうじゃなきゃダメだろ！　高校生の時点でその性癖《せいへき》はもう親が悪いレベル。

「佐城さん、個人経営のお店好きじゃないですか」

「あ、ああ……そういうこと」

びっくりした……突然何を言い出したのかと思ったぜ……。冷静に考えたら笹木さんがそんなこと言うわけないやん？　女子大生じゃあるめぇし。女子大生に対する偏見《へんけん》が過ぎるかもしれない……。

ちなみに個人経営店が好きなのはバイトが楽だからであって、それ以外の部分に関しては別にって感じ。個人経営でもバイトが超忙《ちょういそが》しいとかもう有名店だからな。絶対にそんな場所で働かねぇぞ……。

「ふむ……決めた。今度ここ行こう」

「えっ、行くんですか」

「貝殻のアクセサリーとかお洒落《しゃれ》じゃん。それに――――」

「それに……？」

「……まぁ、自分好みに作れるからさ」

ずっと前から心の中で霧《きり》がかかっていたものがあった。それが笹木さんの話を聞いて一気に晴れた。今年はこれで決まりだな。既製品《きせいひん》を選ぶセンスなんて俺には無いし。

――夏川の誕生日プレゼント。

十月三十一日。ハロウィンと同じ日に迎《むか》える夏川の誕生日。二ヶ月も先の話だけど、俺くらいの夏川信奉者《しんぽうしゃ》になれば去年の十一月一日になった瞬間《しゅんかん》から次のプレゼントを考えてた。ははっ、きっつも。

冷静に考えると二ヶ月前から準備するのもそこそこキモい気がしなくもないけど、その辺のキモさは夏川も知ってるだろうから今更だ。それに直前になって何しようなんて考えるなんて愚《ぐ》の骨頂。そんなものは本物の愛じゃない。ただの義務感なり。

夏川が喜ぶ顔が頭に浮《う》かんで、胸の内に炎《ほのお》が灯《とも》った。

◆

あれから数日たった日。

隣町《となりまち》の美白浜市まで二駅。近いように見えてアクセスは中々面倒《めんどう》だった。定期券を買ってるならそうでもないんだろうけど、切符《きっぷ》買って向かう側からしたら料金が二倍。一回乗《の》り換えしただけなのに値段が割高になって「うっ」ってなった。

『美白浜駅』に降りて深呼吸。

「おー、やっぱ匂いが違うな。潮の香りがするというか。毎日ここに通うのも良さそう」

「風の強い時期は潮が舞《ま》いますから……髪の毛のケアが大変なんですよね」

笹木さんが今風の麦わら帽子《ぼうし》を押《お》さえながら言う。

海沿いの町、美白浜市――海沿いと言っても内陸方面も観光地として栄えており、いま俺が降りた駅も笹木さんの通う女子校だったり、動物園やテーマパークがある方面だ。

治安が良いとはいえ、ここまで自然に囲まれていると俺の住む街とは空気の清涼《せいりよう》感が違う。

住んでるだけで健康になりそうだ。

「本当に付いて来て良かったの？　受験生で大事な時期だろうに……」

「今週はもう四十時間お勉強してるんで大丈夫《だいじようぶ》ですよ！」

「……まぁ、余裕《よゆう》があるのは良い事か」

ちゃんとノルマを決めて勉強してるのは凄いと思う。俺が受験生の頃は遊びに行くこと自体が罪悪感だったからな……こういうところで進研ゼミ続けられるかの明暗が分かれるんだろうな。

感心しつつ、先日の出来事を思いだす。

美白浜のクラフトショップに向かうと決めた日――バイト中の古本屋にて、スマホを見ながら一人で決心しつつ顔を上げると、一緒に画面を覗き込んでた笹木さんが何かを期待するような目でじっと俺を見上げていた。

『えっと……笹木さん？』

『……』

胸の前でギュッと両手を握《にぎ》って心なしかうるうるした目で見上げて来る笹木さん。俺が尋《たず》ねると一歩ずんっと近付いて来た。日頃《ひごろ》、笹木さんが欲しいものをどうやってパパさんにおねだりしてるかわかった気がした。笹木さんみたいな子でもそういう武器は持ってるのね……。

『……一緒に行く？』

『良いんですか⁉（食い気味）』

そんなこんなで一緒に行くことになった笹木さん。そうなると一ノ瀬さんに声をかけない理由は無かった。笹木さんと二人きりで行くのとは大きく意味が変わるし、どちらかと言えば来て欲しかった。

『ひぇっ……え、ええ……』

笹木さんが『行きましょうよぅ』なんて暴力的な萌《も》え声で誘《さそ》ったものの、一ノ瀬さんはただただ困った声を出すだけだった。どうやら俺も笹木さんも好感度が足りなかったらしい。多少は慣れたものの、俺なんか土下座させてるからな……好感度どころの話じゃねぇだろ……。

それに対して笹木さんは女子校出身という事もあってか異性に対する警戒度《けいかいど》が足りてない気がする。きっと頭の中では俺と二人で出かける事に特別な意味なんて感じてないだろうし、何なら初めて遊園地に行く子供のような態度に見えた。

「じゃあ行こうか……笹木さん？」

「あ、いえ……」

駅のホームから改札に向かおうとすると、笹木さんは俺の後ろに位置を取った。何かから隠れようとしているようにも思える。気になって呼びかけてみると、恥ずかしそうにしながら教えてくれた。

「その――学校が近いので。誰かに見られたらと思うと」

「え」

そ、それはっ……あれですか？　俺と一緒に居てカップルと思われるのが恥ずかしい的なアレですか？　二学期になって顔見知り程度だったクラスメイトから「男の人と一緒に歩いてたね～」なんてからかわれるのが嫌に感じちゃうアレですか！

「その――服が」

「え、服……？」

　笹木さんと向かい合って服を見る。笹木さんは初めて出会った時と同じ服装だった。相変わらず中学生とは思えないような恰好《かっこう》だ。それだけでなくボディーの方も中学生とは思えない。普通に恰好を眺《なが》めてるだけでセクハラになってしまいそうだったから直ぐに目を逸《そ》らした。

　ファッションチェック時間――〇・五秒。

「……何も問題ないと思うけど。相変わらず大人っぽいよね」

「！　そ、そうですか⁉　って、そうじゃなくて……」

　褒めたつもりだったけど外したらしい。そうじゃない？　だとすると笹木さんが隠れる理由って何だ……え、もしかして俺の方？　俺の服装が問題あんの？　正直遊びに行く感覚じゃなかったから普通にバイトに行くときと同じ恰好で来ちまったよ……冷静に考えたらヤバくない？　何でこんな綺麗《きれい》な子と歩いてんのにワンポイントのポロシャツで来ちゃったの……？　お前はバド部の顧問《こもん》か。

「その――えっと、こういう恰好をしてるのは佐城さんに会いに行ったり、学校の誰かに会わない前提の恰好でして……」

「え、そうなの？」

もう肩書《かたが》きが中学生ってだけで日常生活から知能指数まで全部女子大生かと思ってたわ。まぁ解《わか》るよ、誰かに会わないい前提の恰好だよな。俺だってそういうのあるし、夏川に芦田《あしだ》に一ノ瀬さんにだってあると思う。姉貴には無いと思う。

……え、それにしては気合い入り過ぎじゃない？

「普段《ふだん》はどういう恰好……あ、制服か」

「いえ、友達と遊ぶときは私服なんですけど、普段は、そのっ……」

「ん……？」

「その────小学生の時のをまだ着てるというか」

「ん⁉」

え、なん──え？　〝小学生の時のをまだ着てる〟？

それは……え？　ちょっと待ってくれ。頭の整理が追い付かない。これは事件です。事件が発生しました。まずは身の安全を確保することを最優先に考え、係員の指示に従って落ち着いて安全な場所まで避難《ひなん》してください。繰《く》り返します────かゆ……うま。

「小学生の……頃の服？」

「……はい」

思わず笹木さん（の体）を見てしまう。垢抜けた顔付きに目を奪《うば》われがちだけど、下に目を向けると確かに中学生らしい筋っぽさが感じられた。ただ、スラッとした中に確かに女性を象徴《しょうちょう》するＢとＷが存在している。この間〇・二秒。

その……想像しただけで張り裂《さ》けそうというか……年齢のレーティング高めというか……。てか笹木さんじゃなくてもきついだろ。

「え、普段はそれで友達とかと遊んでるの？」

「はい……」

「……何か言われない？　着替《きが》えた方が良いとか……」

「え、何でわかるんですか？　みんなから言われますっ！　どうしてでしょう……みんな教えてくれないんですよね。最近、お母さんが自分の服を押し付けて来ますし……」

「………」

言えよぉ……！　親だったり同性なんだから何で着替えた方が良いのか教えてやれよぉッ……！　「思春期の娘《むすめ》だからあまり口突っ込まないでおこう」じゃねぇんだよぉ……！

当然ながら俺が教えてあげられるわけがない。同年代の異性から「君はエロい体なんだよ」って教えられるとかもう何かのプレイだろ……。一瞬《いっしゅん》で嫌《きら》われる未来しか見えねぇ……。

「可愛いから気に入ってるんですけど……」

「いや、まぁ……部屋着として使うんならアリなんじゃない？　笹木さんももうすぐ高校生だからさ。年齢に合わない服が似合わなくなってくるのも仕方ないよ」

「そうですよね……」

少しシュンとしながらも俺の後ろを歩く笹木さん。木の陰から顔を出すように、俺の背中に手を当てて前を見ている。ここで俺が急に立ち止まったらどうなるのだろうか。間違《まちが》いなく笹木さんのトルソーは俺の背中に接触《せっしょく》するだろう。たった一つの行動が人生を左右する――俺は十数年を経て醸成《じょうせい》された人生の儚《はかな》さを憂《うれ》えて、そっと駅構内の蛍光灯《けいこうとう》を見上げた。

「ここからはバス移動か。思ったより広いな」

「同じ美白浜市でも沿岸部ですからね」

「やっぱり乗り慣れてる？」

「バスはあまり、ですかね。中学校はここから徒歩ですし。お父さんと向かった時は車でした」

「車かぁ。ここに住むなら楽しそうだよな」

都会側は道が細いし交通量も多いし、ただの移動手段で使うにもストレス溜《た》まりそうだ。その点ここは道も広いしドライブに打って付けに思える。ストレスが無いどころか爽快感《そうかいかん》がありそうだ。

バス停で雑談しながら時間をつぶす。受験生の笹木さんは勉強の話題を出して来た。こう見えて俺が受験生の頃はかなり勉強してたからアドバイスはできる。文系タイプなのか数学が弱いらしく、歴史みたいな暗記ものは得意なのに数学の公式を覚えるのが苦手とのこと。だから膨大《ぼうだい》な量の反復をこなして何とか頭に叩き込んでるらしい。

「何で思い出せないんですかね……」

「わかるわー」

実はこれってトリックがあるんだよな。歴史だと授業の時点で背景まで語られるから印象付けやすいんだわ。単語と一緒にイメージも一緒に覚えてるから暗記しやすいってのがある。だからギリギリまで勉強しなくていいやってなって直前にピンチになるのが俺。

じゃあ数学の公式はどう覚えれば良いのか。笹木さんみたいに反復練習で頭に叩き込むのもアリだけど、歴史みたいにその公式の背景を知ればいい。誰々《だれだれ》さんがどういう事をして数学者になって、どんな成り立ちでこの公式が誕生したって具合に調べれば歴史の単語みたいにイメージと一緒に覚えられる。

テスト前にそんな時間ねぇよって思うけどこれがまた馬鹿《ばか》に出来ないんだよな。やる気が無くなったらどの道勉強なんて手に付かないし。何となく調べてみたらネット上に面白《おもしろ》おかしく公式の誕生秘話なんてのが書かれてるから意外と役に立つ。

冷静に考えると気になるんだよなぁ……どんな人生歩んだら図形の定理とか生み出そうと思うんだよ……ヤバい人じゃんか。

「ネット、ですか。えっと……」

「そうだなぁ……例えばメネラウスの定理とか——あ」

「……」

適当に検索してそれっぽいサイトを開こうとする笹木さん。ページをジャンプしようとした瞬間、フィルタリング機能に行く手を阻《はば》まれた。気まずい空気が俺たちの間に漂《ただよ》う。

笹木さん、女子校の箱入《はこい》り娘だったの忘れてたわ……ネット慣れてなさそうだし。

EX2 ♥♥ 白浜を踏み締めて

『北白浜海岸ー、北白浜海岸ー』

ガタコン、とエンジンが止まる音と一緒《いっしょ》にバスが停止する。名残惜《なごりお》しさを感じながら笹《ささ》木《き》さんの隣から立ちあがる。話しかけて来る際にちょっとこっちに傾《かたむ》いて俺の右肩《みぎかた》に笹木さんの左肩《ひだりかた》がちょん、と触れるのが最高でした。この子マジで共学の高校に行って大丈夫なのか心配になる。

ピッ、とICカードを翳《かざ》してバスから降りる。笹木さんはカランカランと小銭《こぜに》を投入していた。俺も投入されたい（爆）。

「うおお…………海だ……」

「海ですねー」

笹木さんが慣れたように髪を耳にかけている。いつもなら凝視《ぎょうし》する仕草だけど、それ以上に夏の海に目を奪われた。

「〝美白浜〟とは言ったもんだよな。砂浜《すなはま》が白い」

「確か塩の結晶《けっしょう》が他より多く含《ふく》まれてるんですよね。立地的に東側に高い山があるので、冬は雪が積もってもっと白くなるみたいですよ」

「見たい気もするけど、冬の海は寒そうだな……」

「そうですねぇ……」

隣町にこんな綺麗な海があるというのに、訪《おとず》れたのは数年ぶりだった。自分が思った以上にインドア派だったみたいでびっくりする。用が無ければ基本家に引きこもってゲームしてるからな。わざわざ暑い外に出ようと思わねぇんだわ。

「人が……居ない？」

「こっちは遊泳禁止みたいですね。ほら、あそこに」

「こっちは業者向けの海岸なのか」

近くに漁港の建物が見えた。漁船だったり養殖《ようしょく》だったりと、人が泳げるような場所じゃないらしい。昼過ぎは仕事が無いのか、それっぽい人も居なくて閑散としていた。

「あ、もしかして綺麗なお姉さんの水着姿を探してます？　ダメですよ！」

「んなっ、いや、そ、そんなわけないじゃん？」

久しぶり過ぎる海に圧倒《あっとう》されてると、笹木さんが面白がるような目で言ってきた。不意を衝《つ》かれた言葉にそんなつもりはないのに思わず狼狽《うろた》えてしまう。

こう……何だろう。たぶん普通《ふつう》ならもっと気持ち悪いものを見るような目で怒られるんだろうな。思春期の男子と接した事がないからか、笹木さんの目に男に対する好奇心《こうきしん》みたいのが見え隠《かく》れしている。「やっぱり好きなんですね！　女体《にょたい》！」と目が語りかけて来ている。お願いだからやめてほしい。何だか異常にダメージがでかい。ふぐぅ……。

「えっと、こっからは……」

「あっちですね。道覚えてるんで案内しますよ！」

「え、マジ？　よろ——えっ」

すっ、と右腕《みぎうで》を組まれた。もう一度言う。右腕を、組まれた。

動きがあまりにも自然すぎて一瞬だけ何もおかしくないと思ってしまった。直後、肘《ひじ》に伝わったやらけぇ感触に一気に現実に引き戻《もど》された。

「……えっと、笹木さん？」

「え……？　あっ……！　ご、ごめんなさい！　その、いつもお父さんと出かけるときの癖《くせ》で……しゅみません」

「いやそんな、謝《あやま》ることじゃないけど」

流石《さすが》にこれは異性との過剰接触《かじょうせっしょく》だと思ったのか、笹木さんは露骨《ろこつ》に顔を赤くして恥《は》ずかしそうに縮こまった。顔を扇《あお》ぐどころか、両手を頬《ほお》に当ててあわあわとしている。顔が熱

いことが分かったのか、耳にかかった髪の毛をわざと外して耳を隠し始めた
お父様……どうすれば将来的に貴方《あなた》のようになれるでしょうか。人生で初めて目標とする人物ができた心地《ここち》です。十代の頃《ころ》に戻ってみたくはありませんか、今なら俺が代わりますよ。

「……まっ、行こっか」

「……はい」

露骨に恥じらいを見せる笹木さんを見て思わず弄《いじ》りたくなる気持ちが芽生えたものの、年下相手に大人気《おとなげ》ないかと思い気を取り直すことにした。こういうのにいちいち構ってると〝うざい先輩《せんぱい》〟になるんだろうな。敬遠されたくないし、そっとしとこう。

「あれ？　もしかして砂浜歩く？」

「あ……そうですね。前もそうでした」

海岸沿いのアスファルトの上を歩いていると、途中《とちゆう》で砂浜で分断された場所に差し掛《か》かった。広範囲《こうはんい》に渡《わた》って道が白砂に覆《おお》われていて、近くの駐車場《ちゆうしやじよう》すら砂地の地面だった。

「靴大丈夫《くつだいじようぶ》そう？」

「厚底なので大丈夫だと思います」

「ゆっくり行こっか」

「はいっ、ありがとうございます。ほっ、ほっ」

「……」

笹木さんがなるべく砂の浅そうな所を選んで歩く。ぴょん、ぴょんと跳《は》ねる度に目を逸らさないと罪悪感が湧くような光景だった。ちょっとお父様……？　こういうときどんな顔をすれば良いの？

今なら笹木さんを無防備に育てた親を説教できる気がした。

「海には毎年よく来るの？」

「はい、去年も家族で来て遊びましたよ。今年は泳いでないですけど……水着も買わないとですし」

「水着かぁ。俺も中学時代に買ってダチと遊びに行くときに一回穿いただけだなぁ」

「私は……うっ、私もそんな感じです」

入らないんだな。そんな嫌《いや》そうにせんでも、成長してるって事じゃん。中学生で服が入らなくなるなんて俺だってしょっちゅうだったし。男の場合は肩幅《かたはば》が大きく変わるからな。スタイル良く見せようとジャストサイズ買うと直ぐに肩が張ってしまうんだ。

「おっ」

「あ！」

雑談しながら歩いていると、またアスファルトの道に戻った所に少し賑《にぎ》わいのある通りが見えて来た。このままずっと歩いてると遊泳できる砂浜に着きそうだ。

「観光地だなぁ」

「炭火焼きの良い匂いが漂って来ます……」

「行く？　俺は行ける」

「うっ……お蕎麦《そば》いっぱい食べて来ちゃいました」

「またいつかだな」

それに、俺たちの目的の場所はそんなに人混《ひとご》みの深い場所じゃない。立ち並ぶ店の中で、一番手前側にある端《はし》っこの店。見た目はハワイアンでオシャレ。とても砂浜で泳いで水着姿のまま入れるような建物じゃない。海の家とは畑が違《ちが》うみたいだ。くっ……そうか……そうか……水着……。

「主婦が開いてる個人経営のクラフトショップ、だっけ？　何か緊張《きんちょう》して来たな……」

「私が前に来てるので大丈夫ですよ！」

「グイグイ系だったら頼《たの》むわ」

木製の扉《とびら》を開くと、チリンチリンとベルが鳴った。音に違和感《いわかん》を覚えて見ると、銀色の金属製の風鈴《ふうりん》だった。ガラスと金属の中間みたいな高音が新鮮《しんせん》に感じる。

「おお……」

思わず感嘆《かんたん》の声が零《こぼ》れた。四方八方にアクセサリー向けの海の幸《うみ》が置かれていた。壁《かべ》は淡《あわ》い青に染められていて、まるで海中で息をしてるような気分になった。

入り口から手前には既《すで》に出来上がってるアクセサリーや小瓶《こびん》のインテリアグッズが並んでいて、奥《おく》はクラフトコーナーになっているのかいくつか横長の机が並んでいる。

お客さんは何人か居るものの、いずれもお姉さん方。ミニチュアな海の幸を机の上に並べてきゃいきゃいと何かを作っている。え、男って俺だけなの……余計に緊張してくるんだけど。

「いらっしゃいませ。あら……貴女《あなた》は」

「あっ、はい！　前もここに来ました！」

「そうよね。確かお父様と来てたわよね。年齢の割にとても大人っぽい娘さんだったから印象深かったの」

「えへへっ、そうですか？」

奥から出てきたのは落ち着いた雰囲気《ふんいき》の店員のお姉さん。一目見たら分かる、あらあら系のタイプだな。淡いピンクのエプロンからは趣味感が漂っている。若いうちからこういう店を経営するって多分ガチのタイプだよな。脱《だつ》サラしてラーメン屋開く三十代のおっさんとはわけが違うわ。

「あ、じゃあそちらの貴方《あなた》は……あら彼氏《かれし》さん？」

「え⁉　えとっ、あの……！」

キャッ、な感じでお姉さんが黄色い声を発した。見当違《けんとうちが》いな事を言われてもう一人のお姉さんが狼狽える。何これ……ＯＬと女子大生の恋愛トーク？　照れるとか以前に場違い感が凄いんだけど。自分がとんでもなく小坊主《こぼうず》に思えて来た。

「どうも。この子の先輩です。特にそういう関係じゃないっすね」

「あら、そうなの？　お父様、優しそうだったけどそこは厳しそうだものね？」

「え、ええ……？　そんなふうに見えてました？」

笹木さんはお姉さんの言葉を理解できていなさそうだった。

多分この世に娘の交際に厳しくない父親は居ないんじゃねぇかな……。夏川《なつかわ》と付き合いたいとは思ってたけど、夏川の父親に会いたいとは思ってなかったし。あんな可愛い娘が居て過保護にならないわけがない。俺が父親だったらＧＰＳ付ける。

「ゆっくり見て行ってね」

「はーい」

「どうも」

……ああ。笹木さんは俺を〝個人経営店好き〟って言ってたけど、あながち間違いじゃないかもしんねぇわ。何というか、この用件を訊《き》かれない感じが良いな。接客にマニュアル無しな感じが好き。あの店員なら異世界転生してもやって行けそう。たぶん。

「……あれ、そういや主婦の人って言ってなかったっけ？」

「主婦の方なんじゃないですか？　指輪してましたし」

「え、マジ？　全然気付かなかった」

けど不思議と「そりゃそうだよな」って納得《なっとく》する自分がいた。男女問わず、ああいう常に微笑《ほほえ》んでるタイプの人ってモテるよな。雰囲気から優しさが滲《にじ》み出てる。同じクラスにああいう人いたら大変な事になりそう。

「ちょっとこの辺見よっか」

「そうですね。わぁ……！」

手前の机に広げられた商品を見る。いや、作品……？　手作り感のあるものから、普通に宝飾店《ほうしょくてん》に売ってそうなものまである。さっきの店員が作ったんだろうか。細かくあしらわれたものは手間が掛かってるのか、やっぱりそれなりの値段がするみたいだった。それでも高校生の俺が手の届く範疇《はんちゅう》だ。学生の味方だな。

「ん？　こっちは……」

「素材、みたいですね」

　商品コーナーの一角、そこは他の机みたいに出来上がった小物やアクセサリーじゃなくて、それらの元になるような貝殻や石、小瓶に詰《つ》められた砂が置かれていた。綺麗、とは言えないかもしれないけど、部屋に飾《かざ》ればそれなりにインテリアになりそうなものばかりだ。

「これ……」

「あれ、半分に切られてますね」

「それはパールシェルの一部ですね」

　見てると、さっきの店員のお姉さんが戻って来て説明してくれた。聞けば、ここにある素材を元に奥のクラフトコーナーで加工できるらしい。何かを楽しそうに作ってたお姉さん達は先程《さきほど》と打って変わって大変そうに作業に集中していた。

「ここの海岸で採れたものなんですか?」

「ごめんなさい……素材に関しては取り寄せたものも多いですね。アクセサリー向けとなると種類に限りがあるので……」

「そうなんですか」

　たぶん、店員さんの言うこのパールシェルは取り寄せたものっぽいな。光に反射する感じの色合いから、沖縄《おきなわ》とか、そうじゃなかったら他のアジアの国の方で採れそうな色合いをしてる。

「これは割れたものなんですか？」

「いえ、加工しやすいように小さく切断してるんです」

「切断ですか」

「はい。貝殻はとても硬《かた》いものなので、手作業で削《けず》ろうとするととても大変なんです。紙ヤスリなんかでは太刀打《たちう》ちできないものも多いのでダイヤの含まれたヤスリなども準備してますよ」

「……………」

「佐城《さじょう》さん……？」

貝殻が硬い、という情報に思わず背中に冷《ひ》や汗《あせ》が伝った。俺が思ってたより大変な事になるような気がした。何ならクラフトするのも紙ヤスリとかでお手軽に作業するもんかと思ってた。授業でハンコ作ったときはそんな感じだったし。

「あ、これ……」

「パウア貝ですね。ニュージーランドから取り寄せたものです。碧《あお》や翡翠《ひすい》の色合いがお好きですか？」

「うーん、難しいというか……好きってほどじゃないけど嫌《きら》いじゃない感じ？　ですかね……」

「わっ、それ凄《すご》いですね」

笹木さんがうっとりした顔で俺の手元を見つめる。四方八方どこから見ても輝《かがや》いてる様子から、笹木さんが綺麗と思うのもよく分かる。光に反射したときの色合いがとても強く、アクセサリーとしての価値がとても高いってのがよく分かる。

「佐城さんっ、どうします？　何か作ります？」

わくわくした様子で背中をポンポンして来る笹木さん。顔から「作りたい……！」って感じが強く伝わってきた。ボディータッチ警報！　ボディータッチ警報！　男性の皆《みな》さんは変態がバレる前に紳士《しんし》を装ってください！　ふんすっ。

邪念《じゃねん》は置いといて、俺も何か手作りしたかったし、断る理由なんて何も無かった。

「折角《せっかく》だしそうしたいよな。ここまで来といてただ買って帰るのもあれだし」

「やった……！」

出ました、エア拍手《はくしゅ》。嬉《うれ》しそうにするのが嬉しくて思わず俺もエア拍手する。店員のお姉さんの微笑みが何だか恥ずかしかった。

「笹木さんはどんなのが作りたい？」

「この前お父さんと来た時は小さな貝がらを組み合わせてブレスレットを作ったので、今回は削ったりして綺麗なのを作りたいですっ……！」

「あら……でも削るって結構大変よ？」

「えっ……!? が、頑張《がんば》ります！　力には自信があるので！」

「そう……なら良いんだけど」

店員さんが心配そうに笹木さんを見つめる。それに対して笹木さんは自信ありげに言葉を返した。聞いた話じゃ確かに大変そうに感じる。笹木さんに関しては俺もフォローすれば大丈夫そうだけど、他でもない俺自身が大丈夫か分からなかった。

「佐城さんはどんなのを作りたいんですか……？」

「あー、えっと……まだぼんやりとな感じなんだよな……」

「そうなんですか？」

「それなら先に何を作るか決めてからの方が良いですね。割ったり削ったりしてからだと手《て》遅《おく》れになる可能性もあるので」

「そうなんですか……」

確かに、と思う。硬い素材だし、小さく削ってからあれ作りたいこれ作りたいって言い出すと足りないなんて事になりそうだ。先に決めるのは必須《ひっす》だな。

悩《なや》んでると、店員さんが俺の前に来て顔色を窺《うかが》うように訊いてきた。

「ごめんなさい、勘違《かんちが》いだったら申し訳ないのだけど……もしかして、贈《おく》り物《もの》を考えてる？」

「えっ……？」

「その、考えている様子が真剣《しんけん》だったので……もしかして、と思いまして……」

「えっ、そうなんですか⁉」

店員さんの言葉に笹木さんが目をキランッ、とさせて俺に迫《せま》って来た。世間知らずでも女子は女子、そういった話は大好物のようだ。やめなさい、思わず贈る相手を笹木さんにチェンジしてしまいそうになる。ただでさえ笹木さんは身長の関係で俺と顔の距離《きょり》が近いんだから。

何か悔《くや》しい気がするけど、店員さんの言うことは図星だった。笹木さんには悪いけど、他の女の子への贈り物を考えている。男女二人でデート紛《まが》いの事をしておいてあつかましい話だけど。まぁ、笹木さんはそんなつもりで一緒《いっしょ》に来たわけじゃなさそうだし、別に大丈夫か。

「まぁ……はい。そうっすね。今度、知り合いが誕生日でして」

「異性？」

「女子なんですか!?」

「落ち着いてくださる？」

二人して声を揃《そろ》えて訊いて来た。店員さんも落ち着いてるように見えて食い気味だった。

思わず俺《おれ》もお姉様口調になっちまったよ……。ホントに好きなんだな、こういう話……。

「その、だから、アクセサリーというか……綺麗な飾り物？　を何か手作りできたらなって……」

「うんうん、そうよね。男の子だものね」

「男の子なんですねっ！」

店員さんに便乗して笹木さんも分かったように言ってきた。何だよ〝男の子〟って……贈り物に男女がどうとかあんの？　まぁ確かに女子が男子に誕生日にアクセサリーを贈るってあんまり考えられないけどさ。

「作るのなら、ここにある素材を使って加工して作る事になるわ。一応、奥に素材部屋もあるから、その中から選ぶこともできるわよ」

「ふむ……」

机の上にある素材を見る。特に前もってイメージしてはいないから、形だったり色合いだったりを見て判断したい。

吟味《ぎんみ》してると、笹木さんが「あっ」と声を出して一つ手に取った。

「薄《うす》ピンクの小《ち》っちゃな巻き貝！　可愛《かわい》いですっ……」

「コンク貝の幼体のものね。インドから取り寄せたものね」

「私、これにします！」

笹木さんはピンクか……良い。お姉さんな風貌《ふうぼう》の笹木さんが少女らしい色合いのアクセサリーを付けてるとこを考えるとそれだけで好感持てる。それが無くても好感持てる。

「ピンクかぁ……」

夏川で想像してみる。ある日の学校、ネクタイを緩《ゆる》ませ、第一ボタンを開けた夏川の首元から覗《のぞ》くピンク色のアクセ――――あぶぶ……ヤバい、興奮しそうだ。アクセサリー以前にネクタイ緩めて第一ボタンを開けてるだけでもうヤバい。妄想《もうそう》がもう夏川の首元覗き込んでるからな。そこにピンクとかもう駄目《だめ》だ、俺が死ぬ。

うーん……似合うけど、ちょっと夏川のイメージには合わないかなぁ。性格と髪型《かみがた》は真面目《じめ》、そこに明るい地毛のちょっとやんちゃに見えかねない見た目がマッチして良い感じに夏川の良さを引き立ててるんだけど、そこにピンクが入ったら少しお下品寄りに傾くかもしれない。もっとこう……夏川の全《すべ》てを調和させるものが良いな。

「うーん……そうだな。すみません、さっきの緑色の……パウア貝？　の殻《から》より淡い色のものってありますか？」

「というと、薄い緑のイメージ？」

「そうっすね」

「うーん……そうねぇ。形が重要だったりするから、やっぱりどんなものを作るのか教えてもらえる？」

「うっ……」

ちょっと考える。夏川に贈る物だし、できるだけ似合うものを贈りたい。だけど自分のセンスに自信あるわけじゃないからな……本当にこれで良いものか……。

待て俺。冷静に考えるんだ。あの頃の俺と今の俺は違う。客観的な視点なんて振《ふ》り払《はら》って俺が夏川に似合うと思うものを渡せば良いんだ。それで気に入られなくてもそれで良い。夏川に贈り物ができる、それこそが重要なんだから。

「そうっすね……実は――」

「――――ふんっぐぐぐぐぐぐッ……！！」

固定してもらった貝殻《かいがら》の一部に突き刺《さ》した超細身《ちようほそみ》のノコギリ。ただのノコギリじゃない。ダイヤ片《へん》の混じる特殊《とくしゆ》金属で絶対に折れないという優《すぐ》れたノコギリだ。だというのに使い手が優れてないせいか、土台を足で踏んづけて全力で歯を食いしばる事態になっていた。

「ごめんなさいね。加工済みの素体が無くて……」

「ぜぇ……ぜぇ……いえ、俺の我儘《わがまま》ですんで……」

薄い緑の貝殻は無事に見つかった。これで後は作るだけ、なんて思ったものの、出てきたのは完全無加工、ただ消毒済みなだけのアワビの貝殻だった。内側の色味はまさに理想通り。これだ！　と思って軽い気持ちで作業に臨《のぞ》んだものの、俺の作業工数は笹木《ささき》さんと段違《だんちが》いだった。

「がんばれっ、がんばれっ」

「うおおおおおおッ……！！」

隣《となり》の木イスに座《すわ》って俺の顔を覗き込む笹木さんが小さく手を叩《たた》きながら応援《おうえん》してくれる。

何だっ……？　不思議とみるみる力が湧《わ》いてくるぞ……？　これが女子大生の力か……！

パねぇな女子大生！

そんな笹木さんの首元には薄ピンクの小さな巻貝が光っていた。巻き巻きの根元――殻《かく》頂《ちよう》の部分を丸く削り、そこにチェーンを通せる金色のキャップを被《かぶ》せて、同じ色のアルミのチェーンを通してオシャレな首飾《くびかざ》りの完成だ。その間たったの一時間。お手軽だった。

金色とか派手じゃない？　なんて二人して思ったものの、巻貝のミニチュアな感じや笹木さんの大人っぽさが相俟《あいま》って上品さを引き立てていた。控《ひか》えめに言って俺のママになってください。

「た、大変ですねぇ……」

「やってやるぁ……」

「おお……佐城《さじよう》さんが燃えてますっ……！」

対し、俺はと言えばまずはアワビの貝殻の切断からだった。電動グラインダーを使って店員さんに手頃《てごろ》な大きさに切断してもらったまでは良かった。そこから地獄《じごく》か始まる。小さな素材、かつ細部の加工という事もあって電ノコが使えなかった。ドリルで穴をポッポツと開けて細身のノコギリを通せるくらいの隙間《すきま》を作って、そこから自分で書いたガイドラインに沿ってギーコギーコと両腕《りょううで》を懸命《けんめい》に動かすしかなかった。

「貝殻って硬いんすねッ……!?」

「そうなのよ。薄い貝殻だと簡単に切断できるんだけど……貴方の言ったようなものを作るにはあまり思い切った事はできないのよ……」

「うっす、そうなんですね！」

まさかこんな作業量とは思わなんだ。笹木さんを待たせてしまってるのが申し訳ない。一言謝ると、「いえ、楽しいので大丈夫《だいじょうぶ》ですっ！」なんて嬉しい事を言ってくれた。何なの？　もう既に良い奥さんになれそうなんだけど。ウェディングドレス似合いそうなんだけど。

「その、頑張ってね？」

「うっす！」

ここには他にもお客さんが居る。店員さんも俺ばかりに構ってるわけにはいかない。一言告げると、さっきとは別のお客さんの接客をしに行った。ここは俺に任せて先に行けッ……！（死亡フラグ）

「……あの、佐城さん」

「んん……!?」

俺の手元を眺《なが》めてた笹木さん。ふと、考える素振《そぶ》りを見せると、俺を見上げてポツリと話しかけて来た。力んでる勢いで強めの返事をしてしまう。笹木さんは特に気にしてはいないみたいだ。

「私が佐城さんと出会ってすぐの頃……好きな人がいるって言ってたじゃないですか。もしかして、その今度誕生日の人って……」

「……」

このまま会話しても強めの口調になってしまいそうだ。笹木さんに答えられるように、手と腕《うで》は動かしつつ少し勢いを緩める。

プレゼントを贈る異性の相手――どうやら笹木さんにはお見通しだったみたいだ。前にほんの少し話しただけなのに、よく覚えてたと思う。

「……よく分かったな」

「だって、そうじゃないとここまで……」

「まぁ、そうだよな」

お察しの通り、と返すと、笹木さんはどこか悲しそうに俺を見返した。それが不思議で、思わず手を止めて訊《き》いてしまう。

「え、どうしたの？」

「だって佐城さん、もうその人のこと諦《あきら》めたって言ってたじゃないですか」

「ああ……まぁそうだな」

「もう付き合いたいとは思ってないんですよね……？　それなのに、どうして……」

笹木さんはどこか納得出来ないと言いたげな顔だった。もう諦めた相手のために、ここまでして頑張る理由が分からないらしい。まぁ、正直ここまでする必要あるかな、なんて思ってはいるけど、夏川《なつかわ》のためって考えると頑張れるんだよな。

「笹木さんも恋《こい》をすれば分かるよ」

「わ、私が……恋……ですか」

ふぐっと口をつぐませた笹木さんは頬をポッと桜色に染めて黙《だま》り込んだ。ああ……そういうとこはまだＪＣなんだよな。初心《うぶ》というか。〝恋〟って言葉だけで照れるとか可愛いかよ。

微笑ましく見てると、笹木さんはちょっと真面目な顔になって俺を見上げた。

「――あのっ……〝恋〟ってどういうものなんでしょうか⁉」

「ええっ……⁉」

すげぇこと訊いて来やがった⁉

えっ、〝恋〟が何って……俺が知りたいくらいなんだけど。もう答えを探し続けて二年半だよ……。未《いま》だに見付からないんだけど哲学《てつがく》すぎない？　何って聞かれても答えらんねえよ……。

そこそこ声が大きかったからか、近くで作業してたお客のお姉さん達《たち》がびっくりした顔でこっちを見て来た。今度は俺が顔を赤くする番だった。

「いやその……どしたの？」

「うぅ……いえ……いつか、私もするのかなって……」

恋な。あくまで恋な。恋の先の具体的な内容じゃないからな。落ち着け俺……ここで興奮するのはおかしい。鼻の息を落ち着かせろ。いっそ手を動かせ。

「何だろうな……俺に関していえば、そんなに幸せなもんじゃないな……」

「ええっ！　そうなんですか⁉」

「好きなのに、付き合ってないし。俺の片想《かたおも》いのままだからさ」

「あ……そうですよね」

「でもその人を諦めたからと言って、恋そのものが終わったわけじゃないんだ。たとえ告白してフラれたとしても、その人への恋心が無くなるわけじゃない」

夏川に恋をして、フラれて、もうアプローチをする事はないかもしれないけども。だからと言って何も得られない二年半じゃなかった。勉強も出来るようになったし、夏川に恋をしなかったら〝自分磨《みが》き〟なんて言ってバイトをする事も無かっただろう。

「これは自己満足だよ。誕生日はその人にプレゼント渡せるちゃんとした口実になる。それでまぁ、その人が笑ってくれんのなら、ラッキーかなって」

「佐城さん……」

「そんな事なら恋をしない方が良いなんて思うかもしれない。でも、その恋が無かったらこうして笹木さんと二人でここに来る事も無かったよ。何も、つらい事ばかりじゃない。間違《まちが》いなくこの恋が無かったら俺はもっと子供のままだったと思うよ」

「そう、なんですか……」

自嘲《じちょう》しながら言うと、笹木さんは前を見つめて何かを考え始めた。これから待ち受ける受験と、その先に待ち受ける青春に想いを馳《は》せてるんだろう。俺もそうだった。高校入学の先に強い憧《あこが》れと期待を抱《いだ》いていたと思う。

そんな笹木さんが微笑ましく思えて、そっとしておく事にした。

◆

少しだけ黄色くなった空。気が付けば良い時間だった。良いとこのお嬢《じょう》さんの笹木さんをいつまでも連れ回すわけには行かなかった。

「佐城さんの、完成しませんでしたね……」

「また何度でも来て続きをやるよ。それに、笹木さんは良いの出来たじゃん」

「あ、はいっ……」

笹木さんは思い出したように自分の首飾りを手に取る。日の光が良い感じに当たって淡いピンクが艶《つや》のある光を放っていた。そのおかげか、笹木さんそのものもどこか艶《なま》めかしく感じた。誰《だれ》か俺を殴《なぐ》ってください。

夏川の誕生日プレゼントは完成しなかった。いくら何でも時間が足りなさ過ぎた。完成させるにはもう二、三回ほどここに来る必要があるだろう。まぁ、夏川の誕生日まではまだ時間があるから大丈夫だろう。

「そうだな……また笹木さんとここに来るとしたら、来年の春以降かな。そんときは笹木さんにもプレゼントするよ」

「ほんとですか⁉　約束ですよ！」

「忘れないよ」

笹木さんが後輩《こうはい》とか最高すぎない？　百パー入学祝い贈ると思う。こんなんで喜んでくれるなら何度でも通ってやるわ。何なら最高級の防犯ブザープレゼントするわ。

「………」

「………」

日が傾《かたむ》いて、少しだけ涼《すず》しくなった砂浜《すなはま》の道を歩く。不思議とお互《たが》い無言のまま歩き続けるだけだった。まるで遊園地から帰る時みたいに、胸の中には寂寥《せきりょう》感が残っていた。またこんな日が来れば良いと、そんな期待が余計に今を噛《か》み締《し》めさせるのだろう。

「……私も恋、するんですかね」

「えっ？」

「何か……ちょっと怖《こわ》くて………」

「――あっはっは」

「ちょっと！　何ですかその乾《かわ》いた笑い！　子供を見るような目で見ないでください！」

思わず吹《ふ》き出すと、笹木さんはプリプリ怒《おこ》り始めた。無意識のうちに微笑ましいものを見る目をしていたらしい。

少しだけ、恋を経験した事に優越感《ゆうえつかん》を覚えた。恋を怖がる笹木さんがあまりに可愛く感じたからだ。俺にとってそれは的外れ以外の何ものでもない。

「全て変わるよ。きっと、怖がる余裕《よゆう》なんて無い」

「う……そうなんですか？」

「楽しみにしてなよ。そのくらいが丁度良い」

「うー、知ってるからと言って……余裕ぶってます！」

「タイミングを気にするだけ無駄《むだ》なだけだよ。備えることなんて何もない」

夏川の事を考えると、隣に居る笹木さんの存在が薄くなる。恋は時に残酷《ざんこく》で、経験したことのない人にそのつらさを伝えるのはあまりにも酷《こく》だった。でも今にして思えば、その時に感じたショックも悲しみも、過ぎてしまえば今の自分を形作る大きな経験なんだと断言することができる。

「──もしかしたら……」

「……ん？」

クスッと笑って見上げて来る笹木さん。いつもなら大人びて見える微笑みも、今は無邪《むじゃ》気《き》な少女のように思えた。南風で頬に張り付く髪《かみ》がうっとうしそうだ。早く家に帰してやらないとって、そんな責任感が湧いてくる。

「──あ」

口元に向かって靡《なび》く髪を、そっと耳にかけてあげた。

あとがき

皆さん、お疲れ様です。おけまるです。

『夢見る男子は現実主義者４』はいかがだったでしょうか。今回の表紙は本作守りたい系キャラ№１の一ノ瀬さんでした。そんな子が頑張って働いてる姿、良いですね！

遅ればせながら、４巻まで手に取ってくれてありがとうございます。カバーのプロフィールコメントでも述べましたが、気が付けばこの作品は書籍化だけでなくコミカライズという形でも皆さんにお届けする事になり、携わる関係者がまた少し増えて身が引き締まる思いです。読者の皆さんの声が最も届く『小説家になろう』、そしてツイッターだったりと、応援する声や今以上の躍進を望む声に励まされる日々を送っております。

現在の心境はと言えば、自分が作家として生活している実感はあまりないですね。本当に、あっという間に４巻目といったイメージです。元よりネット小説から転じた出版ですから、次巻を出すためにゼロから執筆というのは書き下ろしのショートストーリーくらいなので、実際そういうものなのかも知れません。

ネット小説を書き続けていると、様々な作家さんの所感というものを目にします。見ると、投稿サイトでランキング上位を目指す作家さんや、その延長線上にある作家デビューを夢見る作家さん、それらを実現するために作家さん同士で議論を交わし、どうすれば高みを目指せるかと、非常に熱量を持った方が多いように思えます。私が執筆活動を始めた頃は十代半ばの思春期真っ只中であり、ネット小説の投稿をどこか〝日陰者の趣味〟と思い続けながらも、それでもたくさんの応援の声を浴びる快感を忘れられず今までを過ごし現在に至っております。

難しい年頃に始め、孤独な執筆習慣が根付いてしまったせいか、私に〝作家仲間〟と言う存在はおりません。そのため、他所様《よそさま》の熾烈極まる苦労や経歴、作家までの道のりのお話をどこか横目で見ながら「処女作でありながら4巻も出せた事は運の良い事だ」と思ったものですが、冷静に考えると私自身、アマとしての活動を含めるともう十年になるんですよね……。そう考えると、何気に私には然るべき〝下積み時代〟というものがあったのではないかと思います。十年かけてようやく小説家デビュー……そう考えると中々に順当ですね。そこに苦労の二文字を感じずここまでやって来れたという事は、やはり私は文字を並べて文章を組み上げるというパズルのような作業が好きなのかもしれません。

大きな話ではありますが、日本のサブカル文化は年々盛り上がりを増してきていると思っております。アニメやマンガがその筆頭となり最前線を進んでいて、次点をゲームやライトノベル、その後ろをネット小説というものが後押ししていて、可能性は無限に広がって行くのだとどこか予感を覚えずには居られません。

難しいと思うのは、作者側がその波の乗り方を一つ間違えれば誰かの真似事になってしまうという事です。どんな業界にしてもそうですが、一つの波に皆が肖《あやか》ってしまい、上昇傾向だったインフレがそこから直ぐに横ばいになってしまうのは悲しい事だと思っております。未だ数巻しか出していない私が語るには恐縮な話なんですけどね。

今まさに、小説家になるために執筆活動を続けている方がいらっしゃると思います。そういった方々には是非、〝際立つ波はただの足掛かり〟と考えて欲しいと思っております。最初はそれに乗っかっても、次は是非とも〝自分だけの発想〟を目指して欲しい。そもそもそれが無い人間は小説家であっても真のクリエイターではないと思うので。

陰陽分かれる世の中の人々の誰もが無視できないコンテンツとして、〝時代にライトノベル在り〟と突き付けるためには、個々がバチバチと火花を散らし熱意を爆発させて目立ち続ける事が一番だと思います。足並みを揃える必要なんてないと思います。

本作品のキャラクターが、展開が、言葉の一つ一つが、これから小説家として人生を歩んで行く誰かの一要素となるよう、これからも努力して参ります。もちろん、数ヶ月に一度のお楽しみとして嗜《たしな》んでいただく方のためにも、より面白い作品になるよう精進して参ります。これからもどうぞ、『夢見る男子は現実主義者』をよろしくお願いいたします。

おけまるでした。

夢見る男子は
現実主義者5
秋頃 発売
予定!!!!!!
夏休みの出来事を経て、気づけば
渉の周囲には彼を慕う女の子の姿が。
その様子にモヤモヤが隠せない愛華も、
ついに自分の気持ちに自覚が……!?
秋の一大イベント・文化祭に向けて、
波乱の2学期が始まる——
第5巻
発売決定!

HJ文庫 http://www.hobbyjapan.co.jp/hjbunko/
931

夢見る男子は現実主義者4

2021年5月1日 初版発行

著者──おけまる

発行者─松下大介
発行所─株式会社ホビージャパン

〒151-0053
東京都渋谷区代々木2-15-8
電話 03(5304)7604(編集)
03(5304)9112(営業)

印刷所──大日本印刷株式会社

装丁──coil/株式会社エストール

Printed in Japan

ISBN978-4-7986-2490-7 C0193

年間最優秀賞
（三部門共通）
賞金300万円!!
応募受付中！
HJ小説大賞
2021 中期
イラスト／岩本ゼロゴ